名和哲夫

藤枝静男評伝

―私小説作家の日常―

鳥影社

藤枝静男評伝　目次

――私小説作家の日常――

真一郎へ

藤枝静男評伝

――私小説作家の日常――

理論化できないことは物語らなければならない。

ウンベルト・エーコ

はじめに

私はこれから藤枝静男の評伝を書こうと思う。

藤枝静男は私小説作家である。ときに人は、彼を極北の私小説作家と呼ぶ。辞書によると「極北」とは「物事が限界にまで達したところ」という意味らしい。

つまり、限界まで達した私小説作家ということか。

藤枝静男は一般的にはあまり多くの人に知られてはいない。だが、作家・評論家の中には（私小説という枠を超えて）日本近代の作家たちの中で特に重要な一人に挙げる人もいる。それが彼を極北の私小説作家と呼ばせる所以《ゆえん》の一つとも言えるだろう。

では、一般的に、私小説作家というと誰を思い浮かべるのだろう。例えば「人間失格」や「走れメロス」で有名な太宰治。しかしながら、実は彼のことを研究者の多くは私小説作家に位置づけていないのだ。私小説を利用した作家、モデル小説の作家。つまり、自分のことをそのまま小説にするという私小説ジャンルがあることを利用して、ドラマティックな人生を送って（いるように読者に見せかけて）それを小説にした作家ということになっている。最後に彼は本当に心中してしまった。どんなに残念だったろう、自分の死を小説に書けなくて。（しかしながら、彼自身がテクストであると考えればこれほどドラマティックな作品の仕上げ方はないだろう。小説が主か、それとも作家が主か、否、両方か）

一方、藤枝静男は彼ほどドラマティックな人生は送っていない。自殺もしていないし、心中もしていない。愛人も作ってはいないし、当然、外に子どももいない。ただ、黙々と医師をしながら、私小説を愛し、妻が病気で、そのことを私小説に書いた。病妻ものを書く作家の一人と思っている人もいるかもしれない。

私は機会を得て、藤枝静男の長女、章子《あきこ》氏の講演を聴いた。そのときに衝撃を受けたのだ。

「私は父の『空気頭《あたま》』（藤枝静男の代表作）などの作品は小説。作り事だと思っています」

それはどういうことだろう。

彼女が言っているのは、彼女の父親である藤枝静男の作品はいわゆる「私小説」ではなくて一般的な「小説」（作り事）だということだ。

「私小説」は一般に作者自身にあったこと（事実）をそのまま小説としたものとされている。しかしながら、それは自ずと矛盾を孕《はら》んでいる。なぜなら事実を書く（ノンフィクション）ということと、小説（物語＝フィクション）を作るということは当然に対立することだからだ。だが、

「私小説」は事実をありのままに書きながら小説（物語）として成立させるということを成し遂げる究極の小説として日本文学に存在し続けてきた。例えば作者自身が私小説のテクストとして小説的な（物語的な）生活を送ることでそれをありのままに書けば小説として存在し得るというような。

けれど、特に最近では、「私小説」というものは実はあくまでも「小説」（作り事）であって、事実をもとにそれに脚色を加えたり、作者自身も私小説の主人公として偽装したりするものであって、読者に事実と思わせて実は異なるものこそ、そもそもの「私小説」であるという定説になってきている。（そういう意味では太宰治の小説も私小説に入れてもいいかもしれない）

藤枝静男自身は、私小説について作品の中で次のように言っている。

私はこれから私の「私小説」を書いてみたいと思う。

私は、ひとり考えで、私小説にはふたとおりあると思っている。そのひとつは、瀧井氏が云われたとおり、自分の考えや生活を一分一厘も歪めることなく写していって、それを手掛かりとして、自分にもよく解らなかった自己を他と識別するというやり方で、つまり本来から云えば完全な独言で、他人の同感を期待せぬものである。もうひとつの私小説というのは、材料としては自分の生活を用いるが、それに一応の決着をつけ、気持ちのうえでも区切りをつけたうえで、わかりいいように嘘を加えて組み立てて「こういう気持ちでもいいと思うが、どうだろうか」と人に同感を求めるために書くやり方である。つまり解決ずみだから、他人のことを書いているようなものである。訴えとか告白とか云えば多少聞こえはいいが、もともとの気持ちから云えば弁解のようなもので、本心は女々しいものである。

私自身は、今までこの後者の方を書いてきた。しかし無論ほんとうは前のようなものを書きたい欲望のほうが強いから、これからそれを試みてみたいと思うのである。

（『空気頭』）

もちろんここで彼の言っていることをそのままに受け取ることはできない。この作品『空気頭』は実験的な小説である。冒頭でこの私小説の理想と宣言があった後、一旦、私小説らしい様子で話が進むが、第三部から違う世界へ入っていく。この『空気頭』の冒頭の一節についてはあえて理想を宣言して、本筋とは違う前振りをして読者を幻惑したと取られているのが一般的である。実は私（評者）は、それでもこの理想の宣言はこの作家の真実であり、この作品でも試みていると思うがそれは後述することとしたい。

ただそれでも確実に言えることがある。

藤枝静男は私小説を研究していてその愛護者であり、そしてなにより求道者であったということだ。私小説作家として自己と向き合い自己を突き詰めるにしても、あるいは私小説とは思えないような実験的な私小説を書くにしても、もちろんそれは相反しないのだが、究極の私小説を追い求め続けて生涯、私小説を書き続けた作家であるということは間違いないだろう。

だから極北の私小説作家なのである。

※

私は一度だけ藤枝静男に会ったことがある。

藤枝は永年、静岡県浜松市に在住していた。浜松には文学の博物館である浜松文芸館があり、そこで存命中に彼の展覧会が行われ、彼はそのときそこに居たのである。

その展覧会で『近代文學』の盟友の本多秋五や同郷の後輩小川国夫が彼についての講演を行った。藤枝は唯一人一階のロビーのソファにじっと座って、来客を迎えていた。無言であった。

ただただ、目つきが鋭かったことを覚えている。

改めて紹介すると藤枝静男は日本を代表する私小説作家の一人である。

志賀直哉に私淑し、三十九歳にして処女作「路」を発表した。以後終戦後から亡くなるまでの四十数年間、浜松市内で眼科医をしながら小説を書き続けた。彼の作品は私小説を超越した「心境小説」「観念小説」とも言われる。しかしながら彼にとってはあくまでも「私小説」であった。

昭和四十三年『空気頭』で芸術選奨文部大臣賞、昭和四十九年『愛国者たち』で平林たい子文学賞、昭和五十一年『田紳有楽』で谷崎潤一郎賞、昭和五十四年には『悲しいだけ』で野間文芸賞を受賞している。生涯で七十編あまりの小説を書いていて、著作としては十七編、全集として『藤枝静男著作集』全六巻がある。

そして没後三十年を迎えた現在（令和六年）にいたっても、講談社文芸文庫から六冊の新刊が出版されているという事実がある。

さらには批評家、作家たちは彼をこう評している。

評論家蓮實重彦が激賞した。（年譜作成者である青木鐵夫が蓮實の藤枝への評をこんな風に書いている「熱にうなされたような言葉の連なり、恋文としか言いようがあるまい。」）

筒井康隆が『文学部唯野教授のサブ・テキスト』で藤枝の『田紳有楽』を日本の長編ベスト5の一つにあげている。

堀江敏幸は『余りの風』で「藤枝静男を読んだ者は、もう二度と、これまでとおなじ感覚で『悲しい』という言葉を口にすることができなくなる」と言う。

笙野頼子は書評で藤枝静男の「田紳有楽」について、こう言っている。「振り返って思う。あの時にもし先に『田紳有楽』を読んでいたら、私は雷に打たれて死んでしまっただろうと」

これほどまでに読者だけではなく、評論家や他の作家たちに敬愛され、彼らを虜《とりこ》にする藤枝静男の生涯、彼の作品、そして彼を支えた家族たちのことを見ていこうと思う。

一、藤枝市、生家

藤枝静男は現在の静岡県藤枝市で、明治四十年十二月二十日に生まれている。（戸籍上は翌年の明治四十一年一月一日生まれということになっている。）

藤枝という町について、彼はこう言っている。

私の故郷はS県にある。F町という旧小藩の城下町であったので、早くから郡役所とか警察署、裁判所、農学校のようなものが置かれたのであったが、東海道線が町の南一里ばかりの海沿いに敷かれた結果、今は老衰した保守的な町となっている。

（「家族歴」）

藤枝静男の本名は勝見次郎という。

父は薬剤師で勝見鎮吉《しずきち》、母はぬい。家業として薬局を営んでいた。

父の鎮吉は割烹旅館魚安楼《うおやすろう》の次男であったが、左官業を営む勝見常吉《つねきち》の養子となった。努力家であり、十六歳で薬剤師の試験に合格している。また、インテリであり、漢文・漢詩のたしなみがあった。藤枝静男の漢文の能力は父から受け継いだものである。また藤枝は幼い頃より生涯にわたって几帳面に日記をつける習慣があったがそれは父から受け継いだものであり、この習慣は後の私小説の執筆に少なからず影響があったものと思われる。

藤枝が父から受け継いだものは、努力家とインテリの気質、漢文の素養、日記の習慣、几帳面さだけではない。実はそれが問題であった。

結核である。

藤枝の兄弟は当時では珍しくはないことだが、たくさんいて上から順に十歳年上の姉はる、八歳上の姉のなつ、五歳上の兄である秋雄、三歳上の姉ふゆがいる。さらに彼の下には妹けい、妹きく、弟三郎、弟宣《のぶ》がいて、藤枝本人を入れて全員揃えば九人兄弟なのだが揃うことはなかった。この九人のうち、姉のはるとなつ、兄の秋雄、妹けい、弟三郎の実に計五人を結核で亡くしているのである。藤枝本人も二十五歳のときに結核を発病している。

これは、藤枝の作品の中でも傑作とされる「一家団欒」の一節である。

彼は、父が自分で「累代之墓」と書いて彫りつけた墓石に手をかけて、その下にもぐって行った。

四角いコンクリの空間のなかに、父を中心にして三人の姉兄が坐っていた。二人の弟妹は、かたわらの小さな蒲団に寝かされていた。

妹ケイ　明治四三年没　一歳
姉ナツ　大正二年没　一三歳
弟三郎　大正三年没　一歳
姉ハル　大正四年没　一八歳
兄秋雄　昭和一三年没　三六歳
父鎮吉　昭和一七年没　七〇歳

「章が来たによ」

と父が云った。入口ちかくに坐っていたハル姉が、すこしとび出たような大きな眼で彼を見あげて
「あれまあ、これが章ちゃんかやぁ」

と叫んだ。柔かな丸味のある懐かしい声が、彼の身体全体を押しつつむように響いた。五二年まえ一八歳で死んだ彼女は、髪を桃割れに結って木綿縞の着物を着、赤い花模様のメリンスの前掛けを閉めた、少女のままの姿であった。

「わっちが死んだ時は、章ちゃんはまだ小学校へはいったばかりだったで、わっちのことは、

はあ忘れつら」
「わっちは、さっきお前があんまり父ちゃんとそっくりになって、頭が禿げているもんだで、わからないっけよう――なんだか可笑しいよう」
「そうずらよ」

繰り返すがここで書かれている兄弟姉妹は皆、主人公「章」より先に全員が結核でなくなっているということなのだ。「章」は藤枝静男自身のことで、先に亡くなった兄弟姉妹が実名で登場している。藤枝本人のみ「章」という名前になっていて、長女の章子氏は言う。「なんで自分の名前だけ、私（章子氏）の名前にしたんでしょうねぇ」

この結核とそれにより彼の兄弟姉妹が次々に亡くなっていった事実は彼を生涯にわたって苦しめることになる。先に述べたように藤枝自身も罹患《りかん》しており、また後に妻も罹患して一時入院しているのである。

結核という病気はそもそもどういう病気なのか。多くの作家例えば樋口一葉、正岡子規、石川啄木、中原中也、葛西善蔵、堀辰雄などが結核で亡くなっている。（夏目漱石も太宰治も罹患している。）

しかしながら文学的なイメージ（文学者は肺病を持つのが当たり前的な、負が正になるある種文学的反転イメージ）があって、その悲惨さが隠されてしまっているのではないか。

厚生労働省のホームページによると、

「結核菌群による感染症であって、感染は主に気道を介した飛沫核感染による。感染源の大半は喀痰塗抹陽性の肺結核患者であるが、ときに培養のみ陽性の患者、まれに菌陰性の患者や肺外結核患者が感染源になることもある。感染後数週間から一生涯にわたり臨床的に発病の可能性があるが、発病するのは通常三〇㌫程度である。若い患者の場合、発病に先立つ数ヵ月から数年以内に結核患者と接触歴を有することがある。

感染後の発病のリスクは感染後間もない時期（とくに一年以内）に高く、年齢的には乳幼児期、思春期に高い。また、特定の疾患治療中の者等においても高くなる。

多くの場合、最も一般的な侵入門戸である肺の病変として発症する（肺結核）が、肺外臓器にも起こりうる。肺外罹患臓器として多いのは胸膜、リンパ節、脊椎・その他の骨・関節、腎・尿路生殖器、中枢神経系、喉頭等であり、全身に播種《はしゅ》した場合には粟粒《ぞくりゅう》結核となる。

肺結核の症状は咳、喀痰《かくたん》、微熱が典型的とされており、胸痛、呼吸困難、血痰、全身倦怠《けんたい》感、食欲不振等を伴うこともあるが、初期には無症状のことも多い」とある。だがこれだけでは分かり難い。

世界保健機関によると結核は、ＨＩＶの次に死者の多い感染症であり、二〇一三年には九〇〇万人の患者が発症し一五〇万人が死亡している。日本における感染者の八〇㌫は肺結核である。当初は全身倦怠感、食欲不振、体重減少、三七度前後の微熱が長期間にわたって続く、就寝中に大量の汗をかく等、非特異的であり、咳嗽《がいそう》が疾患の進行にしたがって顕在化する。抗菌剤による治療法が確立する以前は「不治の病」と呼ばれていた、とされている。

要するに結核は結核菌によるものであり、飛沫《ひまつ》感染する、治りにくく死に至る病ということなのだが、実は藤枝静男の父親は若い時に結核に感染、喀血《かっけつ》して、医師になることを辞めたことがあり、その結核が子どもたちに次々と感染していったのである。彼自身は治ったと思っていたかもしれない。しかしながら、実は完治してはいなかったのである。

ちなみに、日本は未だに結核罹患率の高い国であり、先進国の中では世界第二位である。年間約三万人が罹患し約一万八〇〇〇人が発症、約二〇〇〇人が亡くなっている。日本では特に明治期から結核が急激に蔓延《まんえん》し始めて、大正末期から昭和に入って患者が増え続け、終戦時がピークとされている。昭和九年に結核で死亡した者は一三万一五二五人であり、患者数は一三一万五二五〇人となっている。これは全人口（当時六八〇〇万人ぐらいの人口）の二パーセント、当時の十世帯あたり一人の割合で患者がいる計算となる。この頃、病気死亡率の一位から三位を上下していて「亡国病」とも呼ばれた。

戦後急激に患者が減ったのは、結核予防法が制定されて、抗生物質を用いた化学療法が普及したことが大きい。

藤枝静男の家族が結核で次々と亡くなっていったのは、日本中で結核が蔓延していた頃であった。また、それは文学的なイメージとは程遠い悲惨なものであった。

藤枝は「家族歴」という作品にこんな事を書いている。

私の父は昭和十二年六十三歳で脳溢血により死亡した。別に生涯肺結核をもっていた。十八歳の頃結核に侵され、自分では治癒したと信じていたが、実は永年の保菌者であった。

狭い寝部屋を締め切って、鰻の頭を燻してその煙を吸い込むとか、冷水摩擦をやるとか、朝夕深呼吸をやるとか、こういう無謀な療法を強行したにも拘らず、幸運にも父は生き残った。生き残ったのみでなく、翌々年には母と結婚した。そして子供が次々生まれ、しかし子供等は次々と結核に斃れたのであった。

父が死んでから今年で十二年、私は四十三歳になる。顧みるに我家の家族歴は結核の歴史であった。そして現在私の妻もまた同病で病床にある。私の過去も未来も、父と同様結核で被われているのかも知れぬ。父が死んでも天から花は降らず、音楽も聞こえては来なかった。しかし葬式の時、僧達が経文を誦しつつ、造花の蓮弁を振り撒きつつ、遺骨の前を廻り歩いた際、私は父の予言は実現されたと感じた。さすれば父の生涯は仏の意に適った美しい一生であったのである。私は何も悲しむことはないのである。

先日、ネットサーフィンをしていたらこんな記述を見つけた。

だが、子供が次々に結核で死んでいったら、親は真剣になってその原因を究明するはずである。まして父親は薬剤師であり、医学に関心が深く、男の子三人をすべて医者にしているほどなのだ（医者になった兄と弟も若くして死んでいる）。だから、結核の既往症を持っている父親は、まず、自分に原因があるのではないかと疑ってかかる必要があった。

ところが、今回、藤枝静男作品集を読み返したら、とんでもないことが書いてあった。小学二年生頃まで、藤枝は毎晩父に抱かれて寝ていたというのだ。藤枝の足が蒲団のなかで暖まって小指の辺の霜焼がうずきはじめると、父親がそのざらついた踵の厚い皮で痒いところを軽くこすって眠らせてくれた。結核の既往症のあるものが、幼い子供を抱いて寝るなど到底考えられないことなのである。

この記述は作品集『異床同夢』収録の「しもやけ・あかぎれ・ひび・飛行機」という小説に書かれていることから指摘しているものだ。確かにこのネットの作者の言うとおりであろう。ただ、それは医療が発達した現代での話だ。果たしてこの時代、いくらインテリとはいえ薬剤師とはいえ、そのような結核感染の知識があったのか甚だ疑問である。

そもそもこの小説自体は別に重苦しい病気のことを書いたものではなく、むしろ幼い頃の父母・家族との温かい一家団欒への追慕を綴《つづ》ったものである。
もちろん藤枝静男は医者であり、先に書いたように兄弟姉妹が結核で亡くなっていった原因が「永年の保菌者」である父親のせいであることを十分承知していたはずである。「我が家の家族歴は結核の歴史」であり、一つの蒲団で家族が寝るような一家団欒のせいであり、父親の迂闊《うかつ》さのためであることを、少なくともこれらの小説を書いた時には承知していたに違いない。けれどそれはそれ、幼少期の父親の思い出、家族の団欒の記憶は彼にとってかけがえのないものであったということなのだろう。もちろん、複雑な思いはあったのではあろうが。

評論家の川西政明は藤枝静男の生涯において彼を苦しめ、その文学のテーマとなったものとして、次の四つをあげている。
「一は、父の結核の伝播と、貧乏による栄養不足で、次々と兄弟姉妹が死んでいったことである。二は、一族の淫乱な血と性慾に苦しむ自己の像が重なるところに発生した自己嫌悪である。三は、妻の発病、入退院の繰り返しに起因するたえざる生の危機意識である。四は、学生時代、本多秋五、平野謙との交友をとおして芽ばえたマルクス主義にたいする『漠然たる正義感』の克服である」（川西政明「解説「悲劇」の原型」（講談社文芸文庫『悲しいだけ・欣求浄土』）
この中から、私（評者）なりに順位をつけるならば、一番は三の妻の発病、次が一の父の結核の伝播により兄弟姉妹が死んでいったこと、三番は、二の一族の淫乱な血と性慾、最後に、四のマルクス主義にたいする「漠然たる正義感」の克服であろうか。

ただし、これら四つのテーマは単独なものではなく、それぞれ関連しまた相反するものでもあった。父からもたらされた結核の伝播について、私（評者）はあえて取り上げ記述してきたところだが、藤枝自身は父に対して恨み言一つ言っていない。むしろ父に対しては常に敬愛の念を抱き、崇敬していたといってもいいだろう。先ほどの「家族歴」の父の病気の記述にしても家族の運命を憂い、父の生涯を想っているだけで、決して怨嗟《えんさ》ではない。

なぜならば父は結核の伝播の原因だったかもしれないが、一族の淫乱な血と戦い、自分を迷いから救ってくれるヒーローでもあったからである。


章の父は意志の強い人であったと思う。

貧乏であったから、自分の目的を貫くための労苦のほとんどは肉体的なものであったが、彼の身体はそのために文字通り擦り減らされて、章の兄の死ぬ頃には、全身に毛がないような、骨と筋ばかりの小さな塊に近くなっていた。

（「冬の虹」）


「冬の虹」は（藤枝に擬せられた）主人公が、隠されていた見知らぬ伯母の不行跡を綴った小説であるが、このような「一族の淫乱な血」は、別の小説「硝酸銀」ではさらに克明に書かれる。

むかし、まだ若かったころ、章は苦しさのあまり、自分の中に淫蕩の血が流れているという確信にとらえられたことがあった。苦しいということ自体が、性慾の悪を証明しているように思われた。一族の女たちの行為のすべてがそれに結びついていた。

幼いころ無意識のうちに植えつけられた一族の女たちへの嫌悪と蔑視とが、そのまま青春時代の肉体の欲望を抑圧し、自分をそういうふうに捩じ曲げてきた。

（「硝酸銀」）

「硝酸銀」では浜松市で医師を営んでいるらしい主人公（章）（作者・藤枝）が庭を見ているうちに死んだ父と兄の墓所のことを思い、それから彼の妻の状況（いま五回目の入院生活をしていて）「結婚後五年目から始まり、気胸と安静、肋骨の切除、肺上葉の切除、それから結核」について書かれた後、父の生家であり今は売り払われてしまった割烹旅館の話が語られる。

藤枝の父の生家は割烹旅館を営んでいて、芸者が出入りするような家であって、祖母も元は芸者上がりの妾であった。

彼女は放埒な祖父の最初の妻であった士族の娘と第二番目の妻となった遊郭出の女とを、

次々と子供を産むことによって追い出し得た芸者あがりの妾であった。彼女は六十八歳のとき黴毒性の腹部大動脈瘤の破裂で約一時間半で急死したが、その死は典型的な悶死であった。（「硝酸銀」）

藤枝のこの記述は、祖母への嫌悪があからさまである。

主人公（章）の父はその祖母に、学問好きで理屈屋であったことから疎まれていたが、家を出て医師の家に学僕として住みこみ、苦学して薬剤師の免許の取得までする。だが、医師国家試験の為に「睡眠不足と粗食と熱狂的な勉強」という無理をしたせいで結核となり、結局のところ実家へ戻る羽目になっている。（養子に出されるのはその後の話である。）

「一族の女たちへの嫌悪と蔑視」というのは、前述の祖母のこと、さらには父の二人の妹（叔母）たち、伯父の三人目の妻（伯母）へのことである。一人の叔母は、若いうちに男を作り、妊娠・堕胎し、結婚しても密通し「どちらの子ともわからない赤ん坊」を産むような女であった。もう一人は、芸者となり、男を次々と変えた。伯母（伯父の三人目の妻）は「男狂い」となり、伯父がいながら何人も男と関係を持つような女であった。

つまり藤枝の父の実家は割烹旅館を営んでいてさらには性に寛容な風紀の家風で、芸者上がりの祖母も、父の妹たちも伯父の妻も次々と男を変える淫乱な一族であった。小川国夫は「百鬼夜行」のようだとか、「ソドムとゴモラ」（旧約聖書に登場する性の乱れにより滅びた街）にたとえている。

このような環境の中で育ちながら、父親は苦学の末、結核になるぐらい頑張って、独り立ちして淫乱を断ち切ったヒーローであるということになろうか。藤枝静男は父親については決して悪く書かない。藤枝静男にとって父は一族の血と戦った「意志の強い人」、英雄であったのである。

藤枝静男の家族は父親の家系への反発もあったか、非常に仲が良い円満な家庭であった。逆にそれが徒となって結核の伝播という結果ともなったが、それでも彼は父を憎まず長幼の序を守り、また生涯母や妹、家族を大切にしていく。

だが、その藤枝の生家への強い一途な思いは、後々、彼の生涯の中で思わぬ形で大きな反発を生むことになる。

また、これまで藤枝の父のことについて書き込んできたところであるが、彼にはもう一人の身内のもっと身近で敬愛するヒーローである兄の秋雄がいる。彼のことについては、次章、藤枝の学生時代の話の中で書くこととしたい。

（追記）

藤枝の父のことを追記したい。

冒頭、藤枝の父のことをインテリと書いた。けれど、彼には実は迷信ぶかいところや更に言えばだらしない面もあったことが推測できる。

例えば「一家団欒」では、父親は万引きをしてしまった主人公のためにダキニ天に祈り、自分の血を飲ませている。

だらしなさで言えば、父親は伯父の披露宴の席で酒を飲んで暴れたり、また晩年には薬用アルコールを飲んだ直後に風呂に入ろうとして止められ、「わが子にまでこんなむごいことをされる」と泣き声で言う事件を起こしたり、決して真面目とか几帳面さだけではない一面もあったことが描かれている（「硝酸銀」）。また、先述したが薬剤師という職業から医学の知識が相当に深いというわけではないらしい。現代とは時代が違うのである。結核が遺伝によるとも思われていた時代の話なのである。

だが、このことが家族への結核の伝播に繋がったことは否めないだろう。

※

評伝ではあるが、私（評者）は、いくつか小説のことと実際の出来事についてないまぜにして書いている。（というか、事実がわからないこともある。例えば父親の実家の魚安楼は焼津ではなく藤枝にあったことはわかったが、淫蕩な家系であったかは記録としては見つけられない。）父親が藤枝同様に備忘録や日記を付ける習慣があったことは、父親が「小供日記」を残していることからもわかる。

小供日記　勝見

明治四十一年十二月七日以降
（七日）晴　午後冬子サント次郎サントヲ連レテ学校ニ行ク　幼稚園校舎ノ見学ナリ　次郎サン大喜ビ　（以下略）

子どもたちのことを「サン」づけで呼ぶなど愛情溢れる日記である。
藤枝静男は作品の中で当然ではあるが、私小説として事実と違うことを創作している。さらには同じ題材でも小説ごとに異同がある。兄弟姉妹の話も小説によって多少異なるし、父の実家である割烹旅館の一族の話も若干違う。例えば、「硝酸銀」では自分の家や父の実家は港町のように（つまり藤枝市の隣の焼津市に）設定されている。

家を出た父は、同じ市内でも離れた位置に住んでいるように書かれているが、実は、同じ通りのすぐ斜め向かいに住んでいたことが昔の地図でわかる。

東海道沿いの大きな料理旅館であったのだろう。当時の双六（藤枝勉強家寿語六〈一九一四年〉）に広告を出していたり、飽波《あくなみ》神社に「藤枝町料理業組合」で狛犬の寄贈をしたりしていること（狛犬の台座に刻まれている）が確認できる。近くに「新地」と呼ばれる繁華街があり、それなりに最盛期は流行っていたのだろう。

※

改めて藤枝家の結核の歴史をまとめるとこういうことになる。

父、粗食と医師免許取得の為の勉強の過労で結核となるも、恢復する。

明治四十一年、藤枝静男（勝見次郎）誕生

明治四十三年（二歳）、妹けい誕生も、十月結核性脳膜炎で死亡。

大正二年（五歳）、姉なつが肺結核で死亡。

大正三年（六歳）、弟三郎が結核性髄膜炎で死亡。

大正四年（七歳）、姉はるが結核性腹膜炎で死亡。享年十七歳。

大正十五年（十八歳）、兄秋雄が突然喀血して、長い結核療養生活に入る。

昭和六年（二十三歳）、妹きくが肺結核で喀血。

昭和八年（二十五歳）、本人が結核を発病、約一年で治癒。（千葉医科大学在学中であり、左翼活動で無期停学処分中であった。）

昭和十年（二十七歳）、弟宣が結核発病も約一年で治癒。

昭和十三年（三十歳）、療養中であった兄秋雄が死亡（享年三十五歳）。この年の四月に菅原智世子と結婚している。

昭和十八年（三十五歳）、妻が肺結核を宣告された。

（勝呂奏《すすむ》作成の年譜「藤枝静男の生涯」を参照）

二、学生時代の挫折

藤枝静男の学生時代は挫折の時代である、ということになろうか。

この章で扱う学生時代とは、少々長いが少年期の小学校入学から青年期の千葉医科大学卒業までを扱うこととする。まずは暦年順に彼の学歴を羅列し、学生時代の概観を捉えてみたい。その後、小学校から順に藤枝の学生時代を追ってみることにする。

大正三年（六歳）四月、藤枝町立尋常高等小学校（現・藤枝小学校）尋常科入学。同月、弟三郎が結核性髄膜炎で死亡。

大正九年（十二歳）三月、藤枝町立尋常高等小学校尋常科を卒業。四月、東京府北豊島郡巣鴨村池袋にあった五年制の成蹊実務学校（現・成蹊中学校高等学校）に進学する。一学年三十名の全寮制自炊のスパルタ教育を受ける。

大正十二年（十五歳）四月、成蹊実務学校の閉校が決まり、成蹊中学校に学籍を移した。

大正十三年（十六歳）三月、成蹊中学校を四年修了で退学し、第八高等学校（現・名古屋大

学）を受けて失敗。藤枝町（市）の実家に帰って浪人生活を始める。

大正十四年（十七歳）三月、第一高等学校（現・東京大学）の受験に失敗し、愛知医科大学（現・名古屋大学）に学ぶ兄秋雄の元で予備校中野塾に通う。

大正十五・昭和元年（十八歳）四月、第八高等学校理科乙類に入学。北川静男、平野謙、本多秋五と知り合い、交際を深める。七月、突然、兄秋雄が喀血して長い療養生活に入る。

昭和五年（二十二歳）三月、第八高等学校を卒業。千葉医科大学（現・千葉大学）を受けて失敗し、再び浪人生活に入る。

昭和六年（二十三歳）三月、千葉医科大学の再受験に失敗し、さらに浪人生活。四月、妹きくが肺結核で喀血した。

昭和七年（二十四歳）四月、千葉医科大学に入学し、千葉海岸に住む。

昭和八年（二十五歳）六月、学内左翼のモップルに献金して検挙され、千葉警察署に五十日拘留後、起訴猶予。大学から無期停学処分を受ける。結核を発病するも約一年で治癒した。

昭和十一年（二十八歳）七月、千葉医科大学を卒業、教授の好意で医局に出入りし眼科を学ぶ。医局の派遣で八王子市の倉田眼科の留守を預かる。この後さらに医局の派遣で、昭和十二年には新潟県長岡市の伊地知眼科の留守を預かり、昭和十三年には千葉県安房郡保田の原眼科の留守を預かっている。


（勝呂奏「藤枝静男の生涯」）

（なお、大正三年に小学校に入学しているわけだが、その前に、前章で記述したように彼は父親に連れられて幼稚園に見学に行っており、実際にも幼稚園に入園していたのではないかと思われる）

※

藤枝静男の年譜についてここで断っておきたい。

この稿（「はじめに」、「一、藤枝市、生家」で使用しているのは、平成二十九年〜三十年に浜松文芸館で開催された「藤枝静男展」で配布された勝呂奏作成の年譜「藤枝静男の生涯」である。

そのほか年譜についてはいくつかあるが、最初のものは『藤枝静男著作集　第六巻』（昭和五十二年五月刊）所収の伊東康雄編「藤枝静男年譜」（「この年譜作成にあたり著者自作年表を参照し、著者からの聞き書きにより補充した」）である。ただ、これに藤枝が直接書き込みをした「正確なる藤枝静男年譜」が存在するらしい。

次に、翌年の昭和五十三年に（著者自筆年譜）の『埴谷雄高・藤枝静男集』収録の「藤枝静男年譜」がある。

この二つの作成年代は近いが微妙な違いがあって面白い。以降のものはこの二つの年譜を元に作られているものと推測できる。

最近のものとして、労作であり詳細緻密な青木鐵夫編「藤枝静男　年譜・著作年表」がある。WEBで公開され（https://tetsuao.com）現在も随時更新されている。（先だって活字で刊行されたものとして『藤枝静男年譜「路」発表以降』〈平成十年三月〉、『藤枝静男　年譜・著作年表・参考文献』〈平成十四年三月〉がある）

さらには、平成二十三年に刊行された講談社文芸文庫『藤枝静男随筆集』の津久井隆編「年譜」がある。（「本年譜作成に際しては、藤枝静男自筆年譜のほか、特に長女・安達章子氏、青木鐵夫氏作成の年譜を参考にした。」とある）

以後、この評伝においては、以上の年譜にほぼ共通に記載されているものを「年譜」と記載し、特に記載すべきものについては、特定して記載することとしたい。

※

さて、この章の表題に「学生時代の挫折」と書いた。藤枝は学生時代に受験を四回失敗している。一般的に考えてこれは多いだろう。

・十六歳、第八高等学校（現・名古屋大学）の受験に失敗。
・十七歳、第一高等学校（現・東京大学）の受験に失敗。（ただし、自筆の「藤枝静男年譜」には「願書を出したが試験場入口から引返して浪人となる」とある。他の年譜ではこの記述はない。）

・二十二歳、千葉医科大学の受験に失敗。

・二十三歳、千葉医科大学の再受験に失敗。

確かに多いが、これを挫折と言っていいのかわからない。「挫折」という言葉は失意のなかで最終的に諦めてしまうことをいうのかもしれない。藤枝の場合、正確に言えば、そのまま四度の受験の失敗というか、それともそれから来る挫折感、失意、屈折ぐらいの言葉が妥当か。

その後、二十四歳で千葉医科大学に入学、卒業し、医師への道を進んでいくことになる。我慢強くそれを学資の面で、また精神的にも支えた父親鎮吉は藤枝の進路をどのように考えていたのであろう。小学校卒業後は兄に倣って旧制静岡中学校に進むのが順当と考えるが、後述するように隣の牧師の勧めもあって、東京の成蹊実務学校に入学している。ここは所謂《いわゆる》、サラリーマン（勤め人）を作る学校であって、最初、父親は藤枝の進路をそのように考えていたのかもしれない。

兄の秋雄は順当に愛知医科大学に進み、弟宣も東京医学専門学校に進んでいる。前述したように藤枝の父は薬剤師の免許を取った後、医師国家試験の勉強のため無理をして結核となって、結局医師を断念していることから、息子たちをその道に進めたいとは考えていたようだ。少なくとも長男秋雄、四男宣はそうだが、藤枝はどうなのか、成蹊実務学校へ進んだ時点まではどうかわからない。後述するように父親が成蹊実務学校の思想に共鳴して一時的にまずはこの学校に入れたのかもしれない。そこまでは藤枝をサラリーマンにしたいと考えていたのかもしれないし、中学校の代わりとして実務学校に入れたということかもしれないということだ。

　学制について書いておきたい。

　現在の日本の学制は、基本的には六・三・三・四制であり、小学校（六年間）→中学校（三年間）（ここまでが義務教育であり学費が無料）→高等学校（三年間）→大学（四年間）である。（もちろん、短期大学、専修学校へ進む道もあるし、中学から高等専門学校へ進む道などもある。）

　では、大正期の学制はどうであったのか。複線型教育であって進路はさまざまであった。主なものだけ簡単に記す。

【初等教育】（小学校尋常科〈六年〉）

　ここまでが義務教育で学費が無料であり、ここから幾つかの進路に分かれる。（もちろん小学校卒業後就職する者も多い。この時期の中等教育への進学率は男子が一九・七パーセント〈大正九年〉〈男女平均一五・八パーセント〉であった。）

【中等教育】（ア　小学校高等科〈二年〉、イ　実業学校、ウ　高等女学校、エ　中学校〈旧制〉男子のみ）

【高等教育】（ア　師範学校・女子師範学校、イ　専門学校、ウ　大学予科、エ　高等学校高等科〈旧高等学校〉、オ　高等師範学校）（ここまでくると対象年齢の五パーセントくらいになる。）

【最高学府】（ア　帝国大学、イ　文理大学、商科大学、工科大学等、ウ　医科大学）（対象年齢の一パーセントくらい。）

つまり、藤枝静男は尋常高等小学校尋常科を卒業後↓イ実業学校↓（二年浪人）↓エ高等学校高等科↓（二年浪人）↓ウ医科大学への道を進んだ事になる。（ただし、藤枝は「実務学校というのは四年制の所謂商業学校であった」「役に立つ人間を作るということが目的であったので、そのために学校令にしばられぬ所謂各種学校にしたのである」と書いている。〈少年時代のこと〉）

藤枝は最終的に千葉医科大学に入学しているわけであるから、一パーセントの中の一人であり、四年間の浪人生活があったにせよ、明らかにエリートであろう。

それにしても彼の学業を支えた父親の、特に学資の苦労は並大抵ではなかっただろう。繰り返すが、中学校等中等教育機関以上は無料ではないのである。

浜松に在住していた井上靖が大正十年に入学した浜松中学校（現浜松北高等学校）の学費は明治三十四年に年額四十五円六十銭であった。和久田雅之はこれに関して「十一年後の慶應義塾大学文学部の授業料が四十八円だから、かなり高額であったことがわかる」（『井上靖の浜松時代と作品の世界―浜松を中心に、湯ヶ島・静岡・掛川―』）と書いている。

藤枝の場合、入学時の月謝が三円五十銭であり、単純に一年に直すと四十二円である。これでもこの実務学校は元々無月謝をうたう学校であったから安く抑えられていたのだろう。入寮するのであるから、生活の仕送りも抑えられたのかもしれない。しかしながら、藤枝だけでなく、愛知医科大学に進んだ兄秋雄を始め兄弟姉妹の学費は大変であったろうし、次々に結核に罹患した兄弟姉妹の治療費も相当の負担であったろう。家計が火の車であったことは容易に想像できる。

兄と私と弟を医科大学に入れ、姉と妹を師範学校に入れたということはやはり当時の田舎町としては異例なことであったにちがいない。

（「泡のように」）

藤枝はこのことを「父は自分の果たせなかった夢を、兄と私と弟を医者の学校に入れることによって遂げようとし、また姉と妹に教師の免状をもたせることによって社会的に自立できる保証を与えようとしたのであろう。しかも兄が病にたおれ、私が落第を繰り返した挙句に赤色学生として停学を食っても一言の泣きごとをもらすことなしに働き続けた。いま父の死んだ齢七十に達して感無量というほかはないのである」（「同」）と書いている。

前章の繰り返しになるが幼少期の多感な時期に、藤枝静男の兄弟姉妹が次々と結核で亡くなっていることについて確認しておく。小学校入学直後の四月に弟三郎が結核性髄膜炎で亡くなり、その翌年の四月に小学二年の七歳で姉はるが結核性腹膜炎で死亡、相次ぐ兄弟姉妹の死亡の中で、藤枝はどのような気持ちで学校へ通っていたのか。さらには、藤枝静男が第八高等学校入学の年、長兄の秋雄が喀血し、長い療養生活に入っている。（秋雄は藤枝が三十歳の年に死亡している）

父に次ぐヒーローというべき敬愛する兄秋雄の発病は彼の青春に特に暗い影を落としている。
この章では、川西政明がいう藤枝のテーマの一つ「学生時代、本多秋五、平野謙との交友をとおして芽ばえたマルクス主義にたいする『漠然たる正義感』の克復」や何より文学との出会いについても当然みていく必要がある。
ここまでなんとなく藤枝静男の学生時代を通覧したところで、これから成蹊実務学校、第八高等学校、千葉医科大学の時代を中心にもう少し丁寧に藤枝静男の学生時代を追ってみたいと思う。

※

尋常高等小学校

大正三年、藤枝静男は藤枝町立尋常高等小学校に入学する。

私が藤枝町立尋常高等小学校に入学した大正三年は、第一次世界戦争の勃発した年で、日本は労せずして青島を攻略し、軍需景気にわきたっていた。

（「少年時代のこと」）

その「少年時代のこと」にはさらに「校長は市川先生と言って八字髭をはやしたえらい人で

あった」と書き、「私たち（藤枝町立尋常小学校のころ）は和服に草履履き」であったことが記述されている。

また「土中の庭」には漢文の素養があった父親から『蒙求《もうぎゅう》』と『孝経』を授けられていた」と書いている。子供の教育に熱心であった父親から英才教育をうけていたことが分かるだろう。

「藤枝尋常高等小学校児童通告書」の大正五学年尋常科第三学年のものを見ると、通覧で「修身」、「国語」、「算術」「図画」「唱歌」「手工」が甲で成績優秀であるが、「体操」のみが乙でやや体育が不得意であったらしい。「操行」については二等となっている。これは素行（品行、普段の行い）のことで、二等というのは良い方らしい。少なくとも藤枝はこの頃までは素行は悪くはないだろう。

成蹊実務学校

藤枝町立尋常高等小学校の尋常科を卒業した藤枝は上京し、五年制の成蹊実務学校（藤枝自身は「四年制」としている）へ進学する。そこは特異な学校であった。

私は幸い入学試験にパスして池袋の成蹊実務学校の寄宿舎にはいることができた。実務学校というのは四年制の所謂乙種の商業学校であったが、それよりはむしろ人格教育をほどこすスパルタ式学校として有名であった。

（「少年時代のこと」）

八高時代の親友であり『近代文學』の盟友でもある本多秋五はこう言っている。

「藤枝君の『年譜』に成蹊学園の出身とありますが、あの学校が藤枝君の性格をつくるのにずいぶん関係しているような気がする」

「スパルタ式と、完全な自由主義というか、独立の紳士扱いするものとがミックスしていて、むちゃくちゃですね。成蹊の実務学校は、勤め人を作る学校だね」

「下士官養成所みたいなものだね」

「藤枝君が『少年時代のこと』という文章に書いていて、僕もそれを見て初めて知ったわけだけれども、朝は五時から起きて体操する。『心力歌』という、お経のようなもんをしょっちゅう唱えさせられる。国柱会の田中智学という人がつくった文章らしくて、文章そのものは、僕はどこかで読んで感心したけれども、非常な精神主義だね。（後略）」

（「追悼座談会　藤枝静男と佐々木基一」）

なお、藤枝自身は、自身作成の年譜でも次のように「スパルタ教育」であることを記している。

大正九年（一九二〇）　十二歳

四月、東京市外池袋の成蹊学園（現在の吉祥寺の成蹊大学の前身）内の四年制乙種実務学校に入学した。一級三十名、全寮制自炊の禅僧生活的スパルタ教育を受けた。肯定と否定の交錯に悩んだ。

「少年時代のこと」には成蹊実務学校入学の経緯については次のように書かれている。

私自身がどうして東京の学校に入学するようになったのか、私は小学校六年生になったころから家の隣にあるメソジスト教会の牧師の福島さんのところへ夜になるとナショナルリーダーを習いにやらされていたから、多分もうその頃から福島さんの世話で話がきまっていたのであろうか。

ちなみに成蹊学園というのは、現在、成蹊大学を有する学園のことである。

現在、成蹊学園のホームページにはこのように教育理念が掲げられている。

「自発的精神の涵養と個性の発見伸長を目指す、真の人間教育」――「創立者の中村春二は、その教育の基本的なあり方を、日本古来の教育理念ともいえる「修養」精神を練磨し、優れた人格を形成することにつとめる――としました。（中略）初等・中等教育はもちろん、人材を社会に送り出す高等教育においても、人格形成・人間教育の役割が重視されており、その責任と期待はますます大きくなっています。成蹊学園では、社会が求める教育のあり方に対し、成蹊独自の理念を持って応えてまいります」

私（評者）としては、現在の成蹊大学は良家の子女が行く大学というイメージがして人間教育とは意外な感もあるが「紳士教育」と言い換えると分かり易い。成蹊大学は元首相安倍晋三の出身大学であり、三菱財閥が創設した大学で、就職にも強いというイメージがあるらしい。藤枝自身も「今は吉祥寺に移って成蹊大学という坊ちゃん学校（と云っては申し訳ないが）平均的大学となった」と書いている。

藤枝静男が在籍していた頃の成蹊実務学校については、「成蹊実務学校設立趣旨」（『成蹊実務学校教育の想い出』昭和五十六年二月、桃蔭会）でその一端を知ることが出来る。

成蹊実務学校設立趣旨

その一

現今の世ではもう初等教育だけでは世に立てなくなりました。然し中等教育をうけるには少なからぬ学資が入る上に左の様な欠点があるように思はれます。

（以下、中学校と各種専門学校の欠点を挙げた後、「この両者の欠点を去り美点のみをとつてやりたい」とする）

その二

（学費で苦労する者が多いので）月謝、制服、教科書等の費用を取らずに、これら不幸なる子弟の為に成功の鍵を握らせたいといふ事。

その三

（学校が規則づくめで多人数なので）生徒の定員を減じ、懇切に教授薫陶して各人天賦の能力を充分に発揮せしめて教育の力を充分に示したいといふ事。

その四

（子弟の関係の廃頽《はいたい》が甚だしいので）、是非昔のやうな美しい師弟の情誼《じょうぎ》を発揮して荒んだ教育の野に清い泉を流れしめたいといふ事。

（中略）

ところがその教育なるものが国家の保護は只初等教育だけしかない今日、小学を卒業した許《ばかり》では現今自立自活の力を与へられませぬ。

かうなると中流以下の人々は社会の推運から疎外せられて国家団結の根底を傷《きずつ》くる様な危険思想は漸く彼らの間に勢力を養ひ来ることはやむをえますまい。私は中等教育をうけられないで泣いてゐる数多い有為な少年に度々接して遂に微力を顧みず現今社会の陥欲を補はん為めに働く一員とならうと決心した折から、岩崎今村両君は私の微衷を容れられ、深大なる同情協賛を与へられたので、遂にこの学校を創設することゝなつたのです。

明治四十四年九月

賛助員　男爵　岩崎小彌太
設立者　　　　今村繁三
　　　　　　　中村春二

この設立趣旨からわかることは次のようなことだ。
・学費が無料であった
・中学校と専門学校の欠点を取り、美点を採った教育を理想としたこと。つまり、役に立つし、さらに向上の精神に富んだ人物をつくりたいと願ったということ。
・三菱の創業者である岩崎が賛同者に名を連ねており三菱との関係が深いということである。

学費が無料というのは際だって特徴的なことかと思うが、実は藤枝が入学する時期には有料となっている。藤枝と同級生の田中全太郎が書いた「成蹊実務学校の想い出──「桃蹊」の一員として──」(『成蹊実務学校教育の想い出』)には、田中が小学校の先生に成蹊実務学校を勧められた理由として、「卒業して直ぐに就職できる甲種商業学校の中から成蹊実務学校を選んで下さったのだ」「私の入学時には、無月謝、教科書貸与等ではなかったものの、この趣旨に私の家庭事情の適合を感じられてのご配慮によるところだったのであろうか」と書いている。(藤枝がこの学校を選択した理由も田中と同様の理由であったかもしれないことは推測できるだろう)

藤枝の父勝見鎮吉あての入学許可証が残っていて、そこには学費についての記述がある。

「学校会計課へ左記金額納入のこと。

一、金拾貳圓也

内譯　一、金三圓也　入学金　一、金壱圓也　入学記念樹代　一、金三圓五十銭也　四月分月謝　一、金壱圓也　四月分校費　一、金三圓也　園芸用鍬代　一、金五十銭也　四月分校友会費」

（園芸用鍬代というのが実務学校らしいといえるだろう）

藤枝はここで何を学んだか、

五時に起き、五時半に三十分の駆足、十時に眠るのであるが、その間に「凝念」と名づけられた座禅の様な時間が二回あり、それが済むと「心の力」という八章から成るお経のようなものを、一章ずつ合唱することになっていた。（中略）

年に一回三日間の断食があった。（中略）

つまり私はお経を読まないだけで、大体禅寺の修行僧に近い教育を受けたことになる。

（中略）

成蹊学園の理想教育が私にとってよかったか悪かったか、それは誰にもわからないことである。（中略）

ただ私についていえば、子どもを一人前の人格を持つものとして信用するという学校の善意の方針は、反対に私を、僅かな盗みを働いたことで絶望させた。自力しか信じまいと努力することで、かえって私は自分の意志の弱さと不徹底を思い知った。（中略）

私が教師にかくれて小説を読むことになった一つの原因には、そういう弱い人間が生きていく世界がそこに生き生きと描写されて私を慰めてくれたためということがあったように思われる。

（「少年時代のこと」）

その結果、「不良少年」となった藤枝は、「当時の大ベストセラー、天才作家と評判をとった島田清次郎の『地上』」や禁止本を耽読《たんどく》したり、「紫袴に黒靴の女学生に胸を焦がしたり」、「活動写真やオペラにうつつを抜かす、と云った生意気で陰険でズルイ生徒」になっていく。

そのため教師たちの手に余り、四年生になると退学寸前まで追いやられたのであった。そして、父が国元から呼び寄せられて宣告されたのである。しかし父が主事に嘆願していたとき園長先生が通りかかり「退学は本人のためにはならぬ。他の生徒のためにもならない」と云って許されたのである。

（「泡のように」）

だが結局、藤枝静男は成蹊中学校に籍を移すものの四年修了で退学している。

藤枝と同期生である、前述の田中はこう書いている。

「私の在学は学校の末期に当り、廃校決定大正十一年以降は、希望者の中学校への転校も多く、中学校校舎での教課、寄宿舎生活の終止等、また吉祥寺への学園移転、加えてこの間中村先生の健康御障害という不幸を負った」

藤枝はこの「中学校への転校」の一人であった。

中村園長は大正十三年二月二十一日亡くなられた。病名は肺結核、行年は四十八歳であった。そして私はその年の三月に三学期が終わると、四年修了の証明書をもらって、名古屋の第八高等学校を受験するために退学して池袋を去ったのであった。（中略）
これまで書いてきたようなわけで、中学四年修了と言っても旧制高校を受験する資格があるというだけのことで、そのための勉強などまったくしてはいなかったし、もともと成蹊学園の教育方針が上級学校進学用とは裏腹のものであった……。（後略）
（「泡のように」）

藤枝静男は成蹊実務学校の「学校の善意の方針」が合わず、自堕落を招き、最終的に退学に至る。これも彼の「挫折」の一つということが出来るだろう。しかしながら、その結果、文学と出会い、「そういう弱い人間が生きていく世界がそこに生き生きと描写されて」いる小説というものに出会ったのである。

だが、彼は成蹊実務学校の教育が本当に合わなかったのだろうか。前述の本多が言った「あの学校が藤枝君の性格をつくるのにずいぶん関係しているような気がする」は、大体においてあたっているのではないか。つまり元々、教育熱心の父親から厳しく育てられ、生真面目な父親の気質を受け継いでいた藤枝は、実務学校に入ってその理想教育の中で生来の性格と相俟って、さらに自身を厳しく見つめ直し絶望したのであろう。絶望するということは自分を律した証であり、反発しながらも逆に学校の教育が彼に擦り込まれたのであるとも考えられるだろう。

ここに藤枝の自我の覚醒と、内省する習慣が深まっていく。私小説は内省の文学であるが、自分を厳しく見つめる藤枝的姿勢がここには感じられる。また、そのような時期に「弱さ」を昇華できる文学に出会い、魅了された。藤枝の私小説作家としての萌芽がここにあった。

二年間の浪人生活

成蹊実務学校を四年で退学した藤枝静男は、名古屋の第八高等学校への進学を決意する。先に退学理由として成蹊実務学校の教育方針が藤枝には合わなかったから、というように書いたが、体面的には進学目的の退学ということになるのだろう。だが、彼はその入学試験に失敗する。最初の入学試験の失敗である。

八高の入試にも医大予科の入試にも無残に失敗して故郷藤枝の生家の二階に蟄居することになったのは大正十三年の春であった。だがそこで私が心を入れかえて勉強に熱中したかというと、意志の弱い私は初めのうちこそ時間割りをつくったりして机の前に坐ったけれど、ひと月もせぬうちに参考書は小説本に変わり、やがて目的もなしに静岡へ行ったり映画を見に出かけたりするようになってしまったのであった。

（「少年時代のこと」）

さらに「少年時代のこと」にはこのようなことが書いてある。入試に失敗した藤枝静男は故郷に帰り、来年度の入学試験に備えて試験勉強に励もうと思うが、東京に進学した彼にはもう交流してくれる地元の友達もなく、まるで「異邦人」のようで、実家近くの「蓮華寺池や青池の周りを散歩」したり、釣りをしたりして、それはそれで「自分の意志の弱さに絶望的」になり、さらには本屋や図書館に入って「半日を小説本に没入して、なおいっそう絶望的になり自分に愛想をつかして家へ戻」るなど怠惰な日々を送る。両親は彼のために自宅以外で勉強部屋を借りてくれたが「余計にぐうたらになり」、小説などを読んだり、油絵などを書いたり無為な日々を送る。冬には「家のすぐ前の養命寺という寺の本堂わきの四畳半」で勉強に励むが、結局、「ヤケで受けた」旧制一高（現・東京大学）の入試に失敗する。

このとき私は一高を受けた。どうせ落ちると決まっていたから、私は「天下の難関たる一高ならば仕方があるまい」という父のあきらめを予定して一高に願書を出したのである。粒々辛苦して子供たちの教育のために働いている父のことなど気にもかけなかったのだ。五十四年まえの自分を省みて実に慙愧の思いに堪えぬ。

（「泡のように」）

教育熱心な父親、それに応えきれない息子・藤枝の当時と現在（書き手である藤枝）の気持ちが伝わってくる。そんな藤枝を見かねて両親と兄は、名古屋の愛知医科大学（現・名古屋大学）在学の兄の監督下で予備校中野塾に通わせることにするのだ。

そしてこのことが功を奏し、藤枝静男は翌大正十五年・昭和元年に無事、第八高等学校（現・名古屋大学）に入学する事が出来たのである。

さて、この頃の彼の文学的傾向を補記すると、自筆の「藤枝静男年譜」には、大正十三年十六歳の項に「文学書を乱読し、当時愛知医科大学生（名古屋大学医学部の前身）であった兄秋雄の影響で、一時ドイツ表現派の戯曲やダダイズムの芸術に興味を持ったが、次第に武者小路実篤から入って白樺派の文学に引かれて行った」とあり、さらに翌年・大正十四年　十七歳には

「ロシア、北米の小説類を耽読し、やがて関心は志賀直哉にしぼられた」とある。
生涯、志賀直哉に私淑した藤枝だが、十七歳で既に志賀直哉に強く惹かれていたことがわかる。

第八高等学校

二年間の浪人生活を経て、ようやく藤枝静男は第八高等学校へ入学することができた。浪人について藤枝は、「私は『浪人』というあの不安と苦渋に満ちた青春前期の二年間が終わったという解放感で十二分にふくれ上がっていた」（「少年時代のこと」）と書いている。
さて、その八高時代について、彼はこのように書いている。

私にとって何と云ってもその自分の、大正十五年から昭和五、六年にかけての最も強い思い出となっているのは、平野謙、本多秋五との出会いと志賀直哉、滝井孝作両氏との出会いである。

（「青春愚談」）

一方、「藤枝静男年譜」には、こう書かれている。

四月、旧制八高理科乙類に入学した。同級は北川静男あり、南寮五室の相対する机に文科乙類の平野謙（本名朗）あり、同じく南寮二階に平野の同級生本多秋五があって生涯の友となった。七月、兄秋雄が突然喀血し、一時重篤に陥り、それから死に至るまでの永い病床生活に入った。

これらに書かれているように藤枝静男を考える上で旧制八高時代の最重要事項は、後に『近代文學』の同志となり生涯の親友となった平野謙（後に文芸評論家）、本多秋五（後に文芸評論家）との出会いであろう。ただ、藤枝の友人グループは三人ではなくて、実は五人グループであったらしい。藤枝静男本人、そして平野謙、本多秋五、それに加えて、北川静男、河村直という人物がいる。藤枝静男の随筆「青春愚談」など、さらには本多秋五の随筆などで確認すると、藤枝と平野、本多、北川は同級生、河村は一つ下だが、藤枝、平野が落第したために三年目に同級生となっている。

そのうち、北川静男は八高を卒業間際の二月に腸チフスで死亡してしまう。友人である藤枝等は彼の死を悼み、遺稿集『光美眞』を編集している。さらには後年、藤枝静男が『近代文學』に小説を発表するに当たって、本多秋五はこの北川静男から名前〈静男〉を取り、藤枝静男の故郷〈藤枝〉と合わせて、〈藤枝静男〉と名付けている。

河村直は藤枝とは成蹊実務学校で一緒であり、なおかつ予備校中野塾でも一緒、さらには八高へは一年遅れで入ってくる。先述のように藤枝は一年で落第したので同学年になっている。ただし、河村は「昭和二年八高入学以来一度も進級せず、昭和四年落第連続二回となったので校則によって退学となった。彼は教科書も買わず、ほとんどというよりは全く学校へでなかったのだ。よくは知らぬが多分授業料も納めなかったと思う」（「疎遠の友」）ということである。

八高の寮は文科と理科が同寮に住んでいた。藤枝と北川は理科乙類、平野、本多、河村は文科乙類である。乙類というのはドイツ語が第一外国語ということであった。（甲類は英語が第一外国語。）

藤枝と平野は理科と文科の違いはあるが、南寮一階五室で偶然同室となって、「相対する机に」座って、後々までの友情を育み、そのことが藤枝静男を作家として導いたと云うことは奇遇としか云いようがない。否、むしろ、平野の同級に本多秋五がいたことがそういえるかもしれない。本多は前述のように平野と同じ文科乙類であって寮も同じ南寮の一階二階であったというだけでなく、教室の席も直ぐ近かったのである。本多秋五はこのように書いている。

八高一年の時、私は南・北・中と三棟ある学寮のうち、南寮の二階にいた。平野はおなじ南寮の一階にいて、たまたま平野と藤枝は同室であった。

平野と私は、入学したときから、一クラス四〇名ほどの文乙のクラスで一緒だったが、本当に親しく話すようになったのは、二年になってからであったと思う。藤枝を知ったのは、その後に平野から紹介されたのである。

だから、平野がまんなかにいて、一方で文乙同級の本多で学寮同室の藤枝とを結びつけたという形だが、藤枝からいえば、平野が一番縁の深い友人である。

（本多秋五「昭和六年前後の藤枝静男」）

入寮当時の様子は、「大部分のものがまだまだ制服ができて来ないので、紺がすりの着物に対の羽織、セルの袴をはいていた。平野もその一人であった。（「八高時代の平野謙」）」であるのに対して、藤枝は「兄の医大予科時代の古洋服」を着ていて、「どういうものか何時も突っかかるように肩を怒らせて歩いて」いて、本多秋五に「烏」（カラス）みたいだと言われたとこれは本多、藤枝両方の随筆にある。さらに本多はこのようにも述懐している。

平野、藤枝、河村、それに私がグループであった。

（中略）

藤枝と河村は、文学上でなにかの課程を一段落すませてきた感じであった。平野と私はまだ子供であった。河村は八高を中退し、ぼくたちの大学時代に荷車をひいて歩く八百屋として東京にあらわれた。

（中略）

私が三年のとき、平野や私が文芸部委員で、たしか八高創立二〇周年記念号という分厚い校友会誌をつくったが、藤枝と河村の作品が図抜けていた外は、いま読めるものはなかろうと思う。そのことは平野もみとめていると思う。

（本多秋五「八高時代の平野謙」）

それほど文学的に優れていた藤枝静男であったが、彼は理科乙であり、文学の道へは進んでいない。それはもちろん、自分が叶えられなかった医者になるという夢を息子に叶えて欲しいという父親の願いからであったろう。特に、先に医師になるべく医科大学へ進んでいた兄の結核発病後、それは必然となってくる。

ここで書いておかなければならないこととして、平野謙や本多秋五とは実家の豊かさが違ったということがある。平野謙の実家は真宗大谷派の寺であった（ただし父履道は祖父が本堂再建の負債に苦しんだという）。ちなみに小林秀雄は平野の再従兄である。本多秋五にいたっては、父親は上郷村村長で長兄は衆議院議員という家系である。北川の家系も名古屋市医師会会長を務めた好生館病院の院長北川乙治郎の息子である。

先に記したように当時は学費もかかり、ある程度の財力がないと高等教育機関には入学できなかったと考えるべきであろう。藤枝静男は父が薬剤師ではあるが兄弟姉妹が肺結核を患い、また兄も進学中で家計は苦しかった。父鎮吉は、相当な無理をして藤枝を高校へ進めたと見るべきだろう。

そんな藤枝に対して平野や本多は何かしらの援助をしているが、それでも本多は、あるとき藤枝に金を渡せなかったことを悔やむ随筆（「藤枝静男のこと」）を書いている。三人の友人間では藤枝の貧しさは際立っていたのだろう。

※

ここで旧制八高の当時の学制における位置について改めて書いておきたい。

旧制八高（第八高等学校）は現在の名古屋大学であるが、明治四十一年に設立されている。ナンバースクール（旧制高校の中でも第一から第八をそう呼ぶ）としては最後の八番目に設立された。校地は、藤枝が在学した頃は現在の名古屋市瑞穂区にあり、「瑞穂ヶ丘」もしくは「瑞陵」と呼ばれた。

旧制高等学校は現在の大学に当たるが高等学校でもある。現在とは学制が違う。第八高等学校は現在の名古屋大学でもあるが、名古屋大学は名古屋帝国大学を前身ともしている。学制の変更の中で第八高等学校は名古屋大学の教養部（一部は文学部）となった。藤枝の兄秋雄が行っていた愛知医科大学も名古屋大学となっている。旧制高等学校からは上級学校の帝国大学や医科大学等へ進むのが通常であった。というのは、高等学校への進学は難関であったが高等学校から帝国大学へ進学するのは比較的に難しくなかったからである。

本多は東大の国文へ進むが、平野は東大の社会学科に進む。これは入試が無かったからと言われている。

藤枝静男は千葉医科大学を受けるが不合格となる。

「当時ほとんど無試験に近かった千葉医科大学を受験したが失敗し、名古屋に止まって相変らず怠惰な生活を続けた」と書いている。

※

藤枝静男の八高時代をモチーフとしたものについては、彼の作品では「春の水」、「或る年の冬　或る年の夏」、随筆では「青春愚談」がある。

「春の水」は主人公「寺沢」の「性慾」をもてあます屈折した青春時代（八高時代）を描いた短編小説。長編小説「或る年の冬　或る年の夏」は八高時代ではなくてその後、昭和五年から六年の春までが「或る年の冬」、それから七年の春までのことが書かれている。妹、兄の発病、父への思い、性慾、左翼活動、本多（三浦）、平野（中島）との友情などが描かれており、特に、兄や父に対する複雑な思いが胸を打つ。

寺沢の胸に、兄に対する名状しがたい哀みと愛着の情がこみあげた。

（中略）

父の発する一言が「わしらは何とかやっていくでお前は思い通りにやれ」という激励の言葉であろうとも、また「わしらを哀れと思うなら思いなおしてくれ」という紋切型の訴えであろうとも、どっちであろうと俺に採って区別はない、おれは裏切るだろう、と彼は思った。

（「或る年の冬　或る年の夏」）

一方、随筆である「青春愚談」は藤枝らしく、過去の日記やノートを元に現在の書き手である藤枝が、当時のことを振り返り訂正する形で書かれている（藤枝には日記を付ける習慣があり、この習慣が後の私小説に繫がっていると私〈評者〉は考える）。

それと云うのも、去年の秋自分の醜い過去の記憶を葬り去ろうと考えて、最近二十年ばかりのあいだ克明につけていた日記と手帖を焼いたとき、もしやと思って捜させた田舎の生家から、段ボール箱いっぱいの旧制高校時代のノートが送られてきて、それを冷や汗を流しながら読んでいるうちに、四十余年以前の若く鮮明であるべき記憶があっちでもこっちでも間違っていたことを発見して驚いたからである。

それで私は、大変勝手であるが、前に書き散らしたその頃の回想のようなものをノートによって訂正するというやり方で、文を進めさせてもらいたいと願うのである。

（「青春愚談」）

その「春の水」や「或る年の冬　或る年の夏」など「前に書き散らしたその頃の回想のようなものをノートによって訂正するというやり方」で書いたという「青春愚談」から藤枝静男の八高時代について改めて見てみたい。

入寮早々、藤枝は「夜のストームと寮歌練習、それから放課後の入部勧誘」に出会う。結局、藤枝はマネージャーを見込まれて角力部に入れられ、二ヵ月で辞め、その後、応援団員になるのである。しかしながら、落第してしまったため、父に応援団員を禁じられてしまう。一方、平野謙は「美しいのでチヤホヤ」され、藤枝は焼きもちを焼く。全寮コンパで「金色夜叉熱海海岸の場」を出し物にするなど楽しい寮生活を満喫しているのかと思えば、その後、勝手に退寮し、寮近くに下宿している。梶井基次郎の「檸檬」を買い求め、奈良で小林秀雄に紹介され、ドストエフスキーとトルストイを比較している。「目当ての少女」である「タマ子」と知り合うが特に詩を作るだけで何かをするわけでもない。本多によれば、「ずっと後まで気づかなかったが」「あれほどのはにかみ屋（とくに女性に対して）」であったということである。つまり、簡単にはわからないが見かけと違って女性に対してはかなりのオクテであったということになるだろう。

あの時分の生活をふり返ってみると、学業を放ったらかして小説本ばかり読んでいたといって間違いなさそうである。

私は平野謙や、もうその頃は親しくなっていた本多秋五をつかまえて、白樺仕込みの芸術論をふりまわした。床の間の壁にトルストイの肖像とロダンの「考える人」の写真をはりつけている本多には、古本屋で買ってきたドイツ語の「デューラー画集」で対抗し、佐藤春夫の、なみなみならぬ心酔者である平野には志賀直哉で対抗した。

（「青春愚談」）

その志賀直哉を藤枝静男はこの頃、何度も奈良へ訪ねている。一度目は昭和三年八月、「許しを求める手紙」を書き、奈良幸町の志賀宅を訪ねている。このときは小林秀雄にも会って、将棋や五目並べをしている。志賀にしてみれば、学生と話をするといってもどんな話をすればいいのかわからず、特に将棋でもするしかなかったのであろう旨、藤枝は書いている。

二度目は三ヵ月後の十一月、平野謙と本多秋五を誘って、山岳部からテントを借りて奈良公園に野営していて、志賀の方からテントを訪ねている。その後卒業してからも藤枝は幾度も奈良の志賀を訪ねている。

このように見てみるとまるで作家に憧れ、文学を学ぶ学生のようである。

「この一年まるで意志なき生活をしてきた。ただ許される限りの自堕落をやってきた。（中略）自分は虚栄心、自尊心が誰よりも強い男だ。だから、とにかくこのまま生活していくのだ。それでどうなるか。とにかく慾望のままに生活してみるのだ」

（中略）

つまり若者は毎年毎年、大晦日の夜になると、一年を回想して自分の意志薄弱に苦しむのであろう。ただ私の場合、家の貧しさと兄の病気の事情を全くないがしろにしているという自責の念が、ひと一倍強く働いていたことは確かである。

（「青春愚談」）

当時の日記を読んだ後年の藤枝は自身の生き方を振り返りこう感慨している。藤枝は応援団員になるような明らかに硬派で貧乏で、多少自堕落ではあるが（と言っているがそれは藤枝自身の言葉である）、私（評者）から見れば自制心を持つ学生のように思える。だが、当の本人は自省、自責している。彼が言うように家や兄の事情を思う心が彼を苛むのである。そんな多感な時期に彼は平野、本多から小林多喜二の「蟹工船」を借りるなど影響を受けて、左翼活動にも触れていくことになることを追記しておこう。

藤枝が大学時代に書いた、「兄の病気（『大学文化』千葉医科大学文藝部　勝見次郎名義）」と題した小説が残されている。

「大正十五年の夏休み、私は久しぶりで家に帰った。すぐ兄が肺尖を悪くして寝ていることを聞いた」で始まり、八校入学の夏休みに兄が結核で寝込んだときのことを書いている。兄の熱が上がり、姉や妹がうろたえる様子が描かれ、父親から万一のことがあっても「覚悟しなければならない」と言われ、「僕だけは石にかじりついてもお父さんを喜ばせて見せます」と答える。そして、名古屋に帰っても兄を心配している、という話である。

重病人を持つ家庭の暗く沈痛な雰囲気が伝わってくる。

こうして藤枝静男は父の思いを感じながら医者への道を歩もうと決意するのだが、その思いとはうらはらに学業を放ったらかして小説を読み耽る日々を送るのだ。そして自身を責めるのである。

それでも藤枝静男は昭和五年三月に辛うじて、第八高等学校を卒業する。ただ、藤枝は、八高は卒業するものの、「ほとんど無試験に近かった」千葉医科大学を受験し、失敗することになる。三回目の入試の失敗である。藤枝は実家には帰らず、名古屋で北川静男の遺稿集『光美眞』を編集している。

「藤枝静男年譜」によれば昭和五年の「十二月三十日、平野が帰省の途中に寄って一泊し、上京同居して勉強することを勧められた」とあり、さらには翌年の昭和六年の「二月、平野が私の父に書いてくれた手紙によって上京を許され」、「平野の部屋に居候」とある。

平野は父親にこのまま独りで名古屋にいても勉強に身が入らないだろうこと、かといって、藤枝に帰っても兄が病床にあり重い雰囲気であること、さらには自分の下宿に泊まれば下宿代が安く済まされることを説いたのだと推測できる。
藤枝静男の後の私小説作家への道はこの交友関係に依ってさらに開かれていくことになるが、一方この後この交友関係によって、別の大きな問題も生じることになることを付記しておく。

東京での浪人生活

川西政明は藤枝静男の四つの大きなテーマの一つとして「マルクス主義とその運動にたいする漠然たる正義感の克服」をあげている。これはこれだけでは意味がわかりにくい。（マルクス主義運動に対しての〈反対する〉正義感、とも取れるではないか）
実際は、「マルクス主義とその運動にたいする理想像がなく漠然たる正義感」しか持ち得なかったということ、その正義感の克服ということか。むしろ私（評者）は、「マルクス主義とその運動にたいするコンプレックスの克服」と呼ぶべきではないかと思う。マルクス主義が当時のトレンドであり、それに同意できないコンプレックスと言い換えてもよいだろうか。
藤枝の自筆「藤枝静男年譜」にはこうある。

昭和六年（一九三一）二十三歳

二月、平野が私の父に書いてくれた手紙によって上京を許され、本郷森川町大正門前の下宿双葉館三階の平野の部屋に居候となった。社会学科在学の平野、国文学科在学の本多と旧交を温めるようになったが、すでに左翼運動という別の世界に脚を踏み入れていた二人と全面積をもって交流することは不可能になっていた。強い劣等感に悩み、しかし依然としてその芸術観に同意することはできなかった。

平野の手紙によって上京を許された藤枝静男は平野の部屋に居候することになる。この頃の生活は相変わらず貧しく、「飯代くらいは払ったかもしれないが、実質的には居候であった」（「平野謙と本多秋五」）ということである。

上京はもちろん千葉医科大学への受験のためであった。だが結局藤枝は再度の受験に失敗する事になる。通算で四回目の受験の失敗である。

さらにこの頃、妹のきくが肺結核になる。既に兄弟姉妹のうち、四人が亡くなり、兄も結核で病床生活に入っている。

小説ではあるが『或る年の冬　或る年の夏』にはこの頃の情況についてわかるこんなことが書かれている。

寺沢は窓際の机に裸の背をもたせかけ、片膝をたてただらしない姿勢で兄の手紙を眺めていた。──妹の病状が悪化してこの数日来高熱が続いて去らない。しきりに腹痛を訴えるし便秘もしているので浣腸したが効果がない。腹膜炎を併発しているのかも知れぬと思うが医者がはっきりしたことを云ってくれぬので不安でならない、できたら一度帰ってほしい。そして手紙の終わりには、何時ものとおり、「おれは何とかやっている」という彼への慰めに似た一行が添えられていた。

医科大学一年生であった兄は、四年前の夏最初の喀血に襲われて病床についたのち何回か休学し、そのあいだに三カ所の療養所を転々とした挙句、今では医者になることをあきらめて療養雑誌をたよりに故郷の家で安静生活を続けている。そして二年前からは同じ結核に感染して喀血した妹といっしょに寝起きしながら、妹を看病し、行く手に僅かな光明を望んで暗い毎日を送っている。彼等の住んでいる離れは、たった十日で組みたてられた薄い羽目板張りトタン屋根の鶏小屋のようなものである。父は、兄や寺沢の学資と兄妹の療養費を工面するために売り払った裏庭の、狭い残りの一隅にこの小屋を作った。

藤枝は二度目の千葉医科大学の失敗の後、本郷蓬莱町、高円寺、深川同潤会アパートと転居をしている。ただし、転居したからと云って、平野、本多との関係が疎遠になったというわけではなく、交流は続いている。

「この間に金を得るために雑誌『経済往来』の六号記事を書いたり、小石川共同印刷所に通って校正をしたりした」(「藤枝静男年譜」)

千葉医科大学

藤枝は昭和七年、二十四歳のときに千葉医科大学に合格し、千葉海岸へと転居している。

冒頭に記したように藤枝は特にマルクス主義運動に積極的に関わったというわけではないらしい。関われないことにコンプレックスを持っていたくらいだ。むしろ、平野や本多の左翼運動への、劣等意識がこの事件を生む事になる。

昭和八年二月二十日、「蟹工船」等で知られるプロレタリア作家、小林多喜二が特高に逮捕され、拷問で死亡している。その年である。

「六月、学内左翼モップル活動に一回応じて金を出した事がバレて検挙され、千葉警察に五十余日間拘留され、起訴猶予、無期停学の処分を受けた」(「藤枝静男年譜」)

「モップル活動」とは革命運動家の救援活動である。

藤枝静男は学内左翼の救援活動に一回だけ金を出して検挙され、検察からは起訴猶予となるものの大学からは無期停学という重い処分を受ける事になる。

この事件は父鎮吉など家族にどれだけ心配をかけたか想像するに難くない。

藤枝の無期停学は勝呂奏によれば一学期相当で、九月十一日からの二学期初日から三学期の始め(一月)まで続いたと考えられる。

ちなみに彼の活動（というほどのことはしていないが）に多大な影響を与えた友人本多秋五もこの昭和八年に検挙されていて翌年に同様に起訴猶予となっている。一方、もう一人の平野謙は皮肉な事に検挙されていない。

小堀用一朗はこのときのことをこのように表現している。

「ことがおきたのは勝見の方。それは彼が昭和七年に千葉医大に入って千葉海岸に住んだ翌年八年の春。彼は例によって平野か本多のところへ行った。たまたま共産党の三田村某がつかまって家族が困っていると来客から話があった。ということはカンパの要請で、彼は有り金五円を出した。それは後で本多がえっ！　と驚く大金だった」（『三人の〝八高生〟』）

いずれにしてもこの事件は今後も藤枝の人生に大きな影響を与える事になるが、その彼にさらに追い打ちをかけるようなことが起こる。

藤枝自身の結核の発病である。

家族を次々に襲い、姉二人、妹一人、弟一人の命を奪った、さらには敬愛する兄秋雄の医者への夢を奪い、妹きくを苦しめ続ける結核に藤枝本人が罹ってしまったのである。幸いなことに彼は一年で治癒する事に成功するが、この頃の藤枝の心情は察するにあまりあるものがあるだろう。

だが意外なことに勝呂によれば、藤枝の私的な『病記』には「藤枝が囲碁や将棋や花札、そして麻雀に明け暮れて、学業を二の次に顧みない生活が見える」としており、反省をみることができない。

これまで記してきたような藤枝静男の想いと行動が相反するものがここでもみられる。家族への深い思い、劣等意識など内省的で生真面目なものと、その生真面目とは逆に怠惰で遊ぶ癖、そういったものが繰り返されている。

浜松市出身で千葉医科大学に伊東弥恵治という教授がいた。この人物は随筆「先生」(『落第免状』)に「私の恩師伊東先生の納骨式と一周忌が浜松市三組町の菩提寺で先日おこなわれた」、「海山の恩という言葉がある、その先生に私はとうとう何の恩返しもせずに終わってしまった。ただ私は自分が『先生』と云う場合、がいつも伊東先生だけを指すということ、いつの間にか自然に自分の心の中でそういうふうになっていたことにせめてもの心やりを感ずる」と書かれる人物である。前述のように藤枝静男は警察に逮捕、大学からは無期停学ということで卒業が四ヵ月遅れてしまう。また、思想的前歴のため、正式入局は許されない事態となった。その窮地を救った恩人がこの伊東弥恵治である。その経緯が「酋長の娘」(勝見次郎名義、回顧録『伊東弥恵治先生』所収、一周忌に出版)に書かれている。

「私は昭和七年に入学したが、その前に二回入学試験で落とされていたから、いよいよ入ったときは、有難いと思うよりは『この野郎』という気が強かった。勿論入ったからには遊ぶつもりであった。入学式にも宣誓式にも出なかった」と書き、また、「千葉海岸の空別荘」で仲間をみつけて「私は彼等と毎日酒を飲んだり麻雀をやったりしていた」という。そして前述の事件が起きる。

当時構内に左翼の組織があったけれど、私はその人たちの人間や、やる事が嫌いであったから無関係であった。ところが、えらそうなことを云っている癖に無定見な私は、彼等の一人から獄中に居る徳田球一の家族が困窮していて可哀相だからということを訴えられて小額の金を渡した。そして彼等といっしょに或る朝手錠をはめられて警察につれて行かれ、刑事に向って笑顔をしないという理由で人並み以上の拷問を受け、五十日ばかり留置場にぶち込まれ、無期停学となった。

さらには、彼の父親譲りの意地っ張りで男っぽい性格が邪魔をする。

四年の終りに近づいたとき、私は困った。それは、私が父の勧めで、ほとんど高等学校時代から将来眼科の医者になると決めていたのに眼科の教授が伊東先生であったからだ。これまで意識的に当然先生の反感を買ってもいい程度に知らん顔をしていて、それから停学になったからと云って急にオベッカを使って先生主催の県人会に顔を出しておいて、さて卒業しますから先生の弟子にしてくださ い、面倒見て下さい、などと云う、鉄面皮な男は千人に一人もいないであろう。

藤枝は逡巡した挙げ句、意を決して伊東教授にお願いするのだ。

ある日の昼食の後で、私は教官食堂に上がって行って、「先生の弟子にして下さい」と云った。

私は他の六人の諸君と全く同様にあつかわれ、入院や再来のネーベンにつけられ、手術の指導を先輩からうけた。

ネーベンとは研修医のことである。

赤のレッテルを貼られた者として第一番に教室員となった。このときの教授会における先生の強硬な主張を後で人から聞いた。ごく自然に「先生」という言葉が頭に浮ぶ時それは私に取って伊東先生だけを指すようになっていた。

藤枝静男は眼科医になれなくなる窮地を伊東に救われたのである。

相前後するが、この頃（昭和十年）、藤枝静男が二十七歳の時に、東京医専在学中の弟宣までもが結核を発病している。（幸い治癒している）それが三月のこと。五月には最大の理解者であり、家計を支え、さらにはヒーローであった父鎮吉が脳溢血で右半身不随となり以後寝たきりとなっている。

昭和十一年（一九三六）二十八歳

七月、四ヵ月おくれて千葉医大卒業。しかし思想的前歴のため正式入局は許されず、教授の好意で医局に出入りして眼科を学んだ。この年医局から派遣されて八王子市の倉田眼科の留守をあずかった。

（「藤枝静男年譜」）

こうして藤枝静男は、他の学生より四ヵ月遅れて、千葉医科大学を卒業する事ができた。同郷の伊東弥恵治教授の好意でなんとか医局にも入ることができたのである。

この章の題を「学生時代の挫折」とした。藤枝町立尋常高等小学校から二十二年、ようやく学生時代は終わることになる。四回の大学受験の失敗。さらには最後の千葉医科大学での逮捕と無期停学があったが、それでも父鎮吉の希望に沿うように医科大学へと進み、卒業した。彼と彼の父母、兄弟姉妹の永年の苦労が報われたのである。また、八高時代には後まで続く友人関係となる平野謙、本多秋五と出会うことができた。彼らは藤枝を文学面で導いていくことになる。

ここに彼の医師への道は開かれた。この頃、八王子市寺町の倉田眼科医院から、故郷で闘病中の兄秋雄宛にこのような手紙を出しているので取りあげておきたい。

金送ります。
今度帰って大いに心強くなった。
二、三年位のうちに父母の心労
兄上の苦労にむくいる事が出来る。
父母のまいた種がやっとひらきそうだ。
しかも確実だから愉快だ。
菊の身体もよくなりつゝ、あるらしい。一寸第一印象でピンと来た。
（以下略）

これは医師免許の手続きを兄秋雄に依頼した際に付けられた手紙で、今まで送金を父から受けてきた身であったが、やっと今度は藤枝が故郷に金を送ることができるようになったということがわかる。前述のように父鎮吉は半身不随で寝たきりとなっており、藤枝静男がこの頃医師となって父に代わって家計を支えられるようになったのは不幸中の幸いであった。卒業年であるから昭和十一年のことであろう。（医師免許申請のお願いであるから当然まだ正式に医師ではないが、倉田眼科で既に働き収入を得ていたのであろう）

もう一つ、医師免許申請書の用紙「医師免許申請書ニ要スル（戸籍抄本、市区町村長証明書、収入印紙二千円）左記ノモノヲ三月十五日迄ニ学生課ニ提出サレタシ」の添え書きにはこうある。「今日卒業証書ヲモラヒマシタ　父上母上ハ勿論の乛（評者註「こと」の意）兄上ノ累年ノ辛苦ヲ想ヒ感慨無量デス」（こちらは父母も読むことを前提に書かれたのであろうか）

この頃、病床にあった兄ではあるが、しきりと手紙でやり取りをしていて、兄からの手紙にこう答えるものもある。

お手紙拝見
今直ぐ開業は到底不可能。
(1) 先生が許さぬ、（押切てやれば破門される。そうなれば将来は暗也。）
(2) 金がない。（小さな人の軒を借りましたといふ様なみすぼらしい医院では、いかにも落ちぶれて帰って来たといふ印象、従って腕があるとは他人が見てくれない。（略））
(3) 時期が悪い。（宣夫はあと一年、兄上はこれから再出発といふ時也。そして小生が一人確実に金をとってゐる。今開業したらとにかく最初はマイナスと見なければならぬ。
（略））

兄秋雄とすれば自分の死を予期していて、その前に分身たる弟次郎（藤枝静男）の成功（医師開業）を見届けたかったのかもしれない。この藤枝の兄への返信も充分な気遣いが感じられるだろう。

この頃、八王子在住の瀧井孝作を屢々訪れて教えを受けている。（「空気頭」の冒頭の瀧井の言はこのときに言われたものか）

昭和十二年（一九三七）二十九歳

医局の命で新潟県長岡市の伊知地眼科の留守をあずかった。

（「藤枝静男年譜」）

三、結婚と小説

昭和十三年四月、藤枝静男は結婚することになった。

ある日、藤枝は医局の伊東弥恵治教授からの勧告（紹介）を長岡で伝えられることになる。

「どうだ、養子に行ってみないか？」

使いの二人、清水英政助教授、丹羽源之助助手から一枚の写真を手渡されている。そこには美しい一人の女性の姿があった
同じ静岡県でも西部地区の遠江は浜松の北方、積志《せきし》村の大きな眼科の三女だという。名前を菅原智世子《ちせこ》という。それで結婚が決まった。

このことについて藤枝静男は随筆でこう書いている。


そうして、結婚相手に対して何の理想も幻想も持たなかった私は、浜松のひとであるという写真の女性が別に不美人でもないと感ずると、その場で承諾の返事をし、やがて千葉に出かけて一語も交わさぬ見合いをし、上野精養軒で結婚式を挙げたのである。娘を溺愛してい

た父親は、会場から紋切り型新婚旅行地の熱海まで同行したうえ、翌朝は浜松から電話をかけて妻を呼び出して優しい言葉をかけ、そのために妻は泣き出して三日間一回の食事もしないという有様であった。そしてあわてた私は五日間の予定を中止してその実家に同伴し、やがて妻の母といっしょに長岡に戻って大野屋旅館の一室に「新婚生活」とも「三人旅行」とも何とも表現しようのない不思議な日を送ったのであった。

（「泡のように」）

「別に不美人でもないと感ずると」というのは要するに美人だったということであろう。藤枝らしい表現である。妻の父親はこれだけ読むと親馬鹿のように感じられるかもしれないが藤枝の逮捕の前歴も家の結核の事情も承知しての結婚話であり、大人物であったらしい。

彼らがどのような結婚生活を送っていたかはわからない。が、可愛らしい智世子を慈しむように愛したのだろう。翌年には長女章子が、その翌々年には次女本子が誕生している。

長女の章子氏はこう言う。

「母のお見合い写真がね、それはもうお嬢様で、可愛らしくて」

智世子の実家は、農家の次男である菅原龍次郎が始めた眼科で、女中が十人、看護師も同様に大勢いて千坪の土地があって、鶴を飼っていてと大変な資産家であった。

藤枝はその跡を継ぐことを望まれたのである。

兄秋雄への結婚の報告が次のように残っている。

小生　先生と講師の世話で女房をもらうかも知れません。養子では勿論ない。
浜松の近くの菅原と云ふ有名な眼科の末女。
菅原へは藤枝からも沢山患者が行くから兄上もご存知かも知れぬ。二十三才。東京の女学校を出て麹町の家政学院を一年やって家にゐる。
兄――眼科だが辨天島でT・B（結核の意か）で寝てゐる。ステル（死亡の意か）かも知れぬ由。
兄――眼科、大阪赤十字病院勤務、応召中、ぢきティーテル（博士号の意）をとる。
姉――東大内科のアルハトのフラウ
姉――東大内科のアルハトのフラウ　二人ともティーテルアルバイト

養子については、伊東の勧告と矛盾するようだが、それについてはわからない。藤枝自身も養子になる気はなかったようだが、さらに養子になれない事情も生じた。藤枝静男の兄、秋雄の容態（後に死亡）である。秋雄が結核で闘病中であった。藤枝は勝見の家を継ぐ必要もあった。菅原の家を継ぐわけにはいかない。ただ菅原の父としては、なにより眼科を継ぐことを藤枝静男に望んでいた。結局、後に藤枝の次女本子が菅原の養女となっている。藤枝は後々、菅原眼科を継ぐことになる。藤枝は養子にはならないが、眼科を継ぐことになったのである。そして、それ以後三十年あまりを浜松で過ごすことになるのだ。

さて話は昭和十三年に戻って、その結婚後、藤枝静男は医局の派遣で今度は千葉県安房郡の原眼科の留守を預かることになる。

そしてその年、昭和十三年の九月四日、敬愛する兄秋雄が死亡している。享年三十五歳であった。

結婚するということは二つめの家族ができることである。藤枝静男の場合、それは今までの藤枝町の生家に加えて、妻智世子との新しい家族を築いていくことといえるだろう。

藤枝静男こと勝見次郎の藤枝町（市）の生家はみな仲がよく、互いに思い合って生きてきた。父親鎮吉は、実家に流れる淫蕩の家系との繋がりを断ち、家長として厳格さのなかにも温かく子どもたちに愛情を注いできた。藤枝静男にとってヒーローと言うべき存在である。父に従い、子どもたちを育くんだ母ぬい。藤枝にとって父に次ぐヒーローであったが結核を患い早世した兄秋雄。結核で亡くなったのは、兄弟姉妹九人のうち、姉はる、なつ、兄秋雄、妹けい、弟三郎の実に五人に及ぶ。そんな中でも、また貧しくはあるが互いに助け合い励まし合って生きてきた家族であった。

一方、結婚した智世子の実家、菅原家は大変な資産家であった。智世子の父、菅原龍次郎が農家から一代で起こした眼科で女中が十人、看護師も大勢いて千坪の土地があって、さらには庭で鶴を飼っている、俗に言う地方のお大尽であった。その三女、所謂〈お嬢様〉と結婚し、新しい家族を作っていくことになったのである。藤枝は念願かなって医師となり、経済的には潤うことになるが、〈お嬢様〉との新しい生活に戸惑うこともあっただろう。

これから藤枝静男は二つの家族の中で生きることになり、さらには小説世界でもその中で揺れる姿が描かれていくことになる。

まず熱海への新婚旅行の様子を二編の随筆から見てみたいと思う。

私自身は、この二人の友の間に結婚した。二人とちがって私は見合い結婚であった。東京で型通りの式を挙げ、型通りの旅行で熱海へ行った。汽車が出てしばらくすると、妻が眼を閉じて頻りに小さな欠伸をはじめた。私はまだ一言も妻と口をきいて居なかったし、それが不安と緊張による現象だということがわからなかったので、ただ変な、不思議な気がするだけで、どうする手段もなかった。

旅行の間じゅう妻は何も食べなかった。果物と飲み物をすすめたが口に入れなかったから私はただ可哀想に思うだけであった。

（「結婚三例」）

（ちなみに、「この二人の友」というのは、もちろん本多秋五と平野謙である。）

これだけを読むと二人きりの新婚旅行で、たがいに一言も口を利かないような状況で、想像するだけで息が詰まりそうではある。しかしながら、次の随筆を読むと違う状況が見えてくる。

娘を溺愛していた父親は、会場から紋切り型新婚旅行地の熱海まで同行したうえ、翌朝は浜松から電話をかけて妻を呼び出して優しい言葉をかけ、そのために妻は泣き出して三日間一回の食事もしないという有様であった。そしてあわてた私は五日間の予定を中止してその実家に同伴し、やがて妻の母といっしょに長岡に戻って大野屋旅館の一室に「新婚生活」とも「三人旅行」とも何とも表現しようのない不思議な日々を送ったのであった。

（「泡のように」）

つまり、新婚旅行とはいっても行きは父親が熱海まで同行し、挙げ句の果てに浜松へ帰ったはずの次の日も新婚旅行先まで電話してきて、その結果当然のようにホームシックになった新妻は口は利かない、食事もしないというような事態になったのである。さらには妻の母親が新潟県長岡の新居まで付いてきたのだ。

さて、以下おさらいになるが、この年藤枝静男は長岡を去り、千葉県安房郡保田町の原眼科の留守を預かり九月には前述のように兄秋雄が死亡している。十月には教授会で医局への入局が許され、眼科教室副手になっている。昭和十四年九月にはこれも前述のように長女章子が生まれ、翌々年、三十三歳の時に次女の本子が誕生、妻の実家との約束で菅原家の養女としている。

この「藤枝静男評伝」の副題を「私小説作家の日常」と名付けているが、この頃どのような日常であったのか、もう少し触れてみたいと思う。

死後残された「雑記帳　死ンダラ見ヨ」に「智世子の幼年からの修行稽古ごと」というメモがある。

○嫁入り前は、料理、裁縫、お茶、琴、長唄、日本踊り、義太夫、三味線、書道、マッサージ。（書道は道具だけ。）（以下略、あまり役に立たなかった旨書かれている。）

なお、続きがあって、

○病中は、油絵やギター（チセ子のこと）

とある。

長女章子氏の証言によると、実際、藤枝の妻の智世子は、家事はあまりしなかったようで、料理は料理学校で習ってきたことを女中に教えてそれでおしまい。後に浜松へ来て落ち着いてからは、住み込みの看護師兼女中が家事を行っていたらしい。（なお、藤枝静男の長女章子氏への評者のインタビューは、平成二十八年十一月十五日と翌平成二十九年の二月八日と二回にわたって行っている）

また、妻智世子の〈奥さん〉らしい仕事は、藤枝が洗面するとき、タオルを持って後ろに畏まり、それを渡すことはしていた、と章子氏は言っている。外出が好きで、「奥様」ではなく「お外様」と陰で言われていたとも。

新婚の頃はどうだったのか。家事をこなしていたのか。長岡では妻の母もしばらく一緒にいたのだろうと想像できるが、千葉の原眼科の時はどうだったのか。

この後、大学の医局に入り、眼科教室副手となっているが、この頃のことを藤枝はこう書いている。

　教室に戻ってから昭和十七年に学位を得るまでの四年間を、しかし、私は厳格きわまる先生のもとで過ごした。気まぐれな私は、不思議にも卒業すると同時に無茶苦茶に、しかし楽しく眼科学の勉強に熱中する男になっていた。妻と赤ん坊を親元に帰して大学病院四階の当直室に寝起きし、食事も出前を研究室まで運ばせ、そのため空家になった借家に泥棒が入っても妻子の帰るまでまったく知らずに実験に熱中していたのであった。戦争が中国から対米への開戦に移っていく、あの緊迫した時期を、私は最初は蛭の背筋を材料に、次は兎の腹皮膚や牛の眼の角膜を材料にして、夜おそくまでコンクリートの部屋の中に閉じこもっていたのである。対米開戦のラジオを聞いた夜、医局の風呂につかって遠い浜松の田舎にいる妻子や、故郷の藤枝に寝ている父や兄や妹のことを思った記憶は今に新しい。

（「泡のように」）

三十一歳になった藤枝は、妻と長女章子（一年前に亡くなった兄秋雄の「秋」の「読み」、と文章の「章」を使っているのだろうか）を妻の実家に帰して千葉医科大学の医局で研究、勉強に熱中するのである。四回受験に失敗し、千葉医科大学に入ってからも遊び呆けていたのは何だったのか、この頃の藤枝静男は、本人も「不思議」がるほどに勉強に熱中することになる。

昭和十六年十二月八日、日本は真珠湾攻撃を行い英米に宣戦布告し、太平洋戦争が始まっている。その一月前の十一月に次女本子（「本」から名付けたのか）が生まれている。また、翌年の三月五日、故郷の藤枝町で父鎮吉が脳溢血の再発で死亡している。享年七十であった。藤枝静男にとって最大のヒーローであった。

戦争の不安の中でもひたすらに研究に打ち込んだかいあって、六月に学位を取得している。学位論文については今でも CiNii で確認することが出来る。「P-Aminobenzolsulfonacetamid(Albucid)

の「イオントフォレーゼ」に関する実験的研究」であり、これによって千葉医科大学から昭和十七年六月八日、医学博士を授与されている。

彼が研究に打ち込んだのは、戦争の恐怖、いつ召集されるかわからないという不安や妻の実家に残した妻子、病床の父親、そういった心配要素から逃れるためでもあったのだろうか。

その年の九月、藤枝静男は平塚市第二海軍火薬廠海軍共済組合病院眼科部長に就任することになる。火薬廠というのは火薬工場のことである。太平洋戦争の戦況は八月にガタルカナル島の戦いがあり、日本に不利な状況に傾いていく時期ではあった。

それでも病院に赴任すると宿舎を与えられて、浜松の実家に帰していた妻子を呼び寄せて家族四人で安定した生活を送ることになる。「泡のように」によると「私と妻の住むための宿舎、応接間、居間、台所、客間、ベランダ風の広い廊下と女中部屋と二ヵ所の便所を持った家も、専門工員たちの手で二百坪余りの敷地内にまたたく間に建てられたのである」とある。上流階級の暮らし向きであり、女中がいたのだろう。

だが、突然に不幸が訪れる。「藤枝静男年譜」によるとこうある。

昭和十八年（一九四三）三十五歳

妻が肺結核の宣告を受け、約半年間、平塚海軍共済病院に入院、人工気胸術を受ける。

父から始まり、やがて家族に伝播し、兄弟九人のうち五人の命を奪った結核に今度は妻が罹患したのである。先に挙げた評論家川西政明氏の、藤枝静男の生涯において彼を苦しめ、その文学のテーマとなったものは次の四つであった。「一は、父の結核の伝播と、貧乏による栄養不足で、次々と兄弟姉妹が死んでいったことである。二は、一族の淫乱な血と性慾に苦しむ自己の像が重なるところに発生した自己嫌悪である。三は、妻の発病、入退院の繰り返しに起因するたえざる生の危機意識である。四は、学生時代、本多秋五、平野謙との交友をとおして芽ばえたマルクス主義にたいする『漠然たる正義感』の克服である」。そのうち最大の「苦しみ」であり、最も重視した小説の「テーマ」は、三の「妻の発病、入退院の繰り返しに起因するたえざる生の危機意識」であるが、それが訪れたのである。

藤枝静男は「悲しいだけ」に「私と妻との結婚生活は三十九年間であったが、妻の健康だったのは最初の四年間だけで、戦争末期に肺結核を宣告されたのちの三十五年間は、多少の小休止がはさまれた以外は、八回の長期入院と五回の前身麻酔手術と」と後に書かれるような、亡くなるまでの長い闘病生活の始まりであった。

その頃の生活のことを「そのころの時分の私は、二年前に肺結核を発病して入院している妻の療養や、妻の実家にあずけたりまた連れ帰ったりしていた幼い二人の子供への不安で、困憊に満たされた毎日を送っていたのである」（「泡のように」）と藤枝静男は書いている。

故郷藤枝では、母ぬいと妹きくが実家を守っていた。一方、弟宣は千葉医科大学の研究生になっていて千葉にいた。「泡のように」によると弟宣は「千葉医科大学の解剖学で研究を続けていたが」学位論文を空襲で消失させてしまっている。

平塚の空襲は激しく、終戦間際の昭和二十年七月十六日・十七日の空襲で火薬廠は、米軍の主要な攻撃目標となり、壊滅的打撃を受けている。

この様な状況の中で、「私は妻を浜松近郊の実家に帰し、その日暮らしの毎日のなかで敗戦の日々が刻々に近づいてくるのを待」つ日々を送っていた。

ここで一つ書いておかなければならない。

昭和十九年後半になると、私は霧視や異物感を訴える少年工員たちを数多く診察して、その症状が私のかつて見たこともきいたこともない糜爛性毒瓦斯イペリットによるものであることを知り、異様な好奇心と怖れに刺激され熱中するようになった。

（「泡のように」）

この体験が後に芥川賞候補作となった藤枝静男の小説「イペリット眼」に繋がっていくことになる。

昭和二十年、年譜によると「陸軍の召集を避けるための予防措置として予備海軍軍医少尉に任ぜられ」ている。海軍ではそういう計らいをしてくれたのであろう。

※

昭和二十年八月、敗戦である。藤枝静男は天皇の詔勅をどのような気持ちで聞いたのか。

いずれにしても「藤枝静男年譜」には「八月、敗戦。十二月、占領軍によって病院と住宅が接収されたので、妻の実家に身を寄せ、家業の眼科診療を手伝った」と記される。先に書いたように、兄秋雄が亡くなった以上、菅原の家は継げないが、家業の眼科は継ぐはずであったことから予定が早まっただけである。前述のように浜松郊外の西ヶ崎にあった眼科は、千坪という広大な敷地があり、女中や看護師が大勢いる大変大きな眼科であった。

浜松地方は、海岸に接した駅などの中心街がある低地とそこから急に盛り上がった三方原台地の大きく分けると二つの地形で出来ている。台地は赤土でジャガイモの生産で有名であった。今でも浜松市の積志地区西ヶ崎あたりは、台地の農村地帯といってもよい風情があるが、藤枝静男はこのように書いている。

終戦で海軍の病院をやめてから浜松で眼科を開業するまでの四年間、私は浜松から四キロばかり離れた西ヶ崎という農村で、病気の家内と二人の娘を道連れに、家内の老父の経営する病院を手伝って暮らしていた。

（「書きはじめた頃」『落第免状』）

浜松に移ると老齢の妻の父に替わったという恰好になった。入院患者六十人前後と外来患者二百人くらいの手術と診察処置を一人で夜の八時ころまでやった。

（「泡のように」）

さて、「藤枝静男年譜」によると、昭和二十年十二月の項にこうある。

占領軍によって病院と住宅が接収されたので、妻の実家に身を寄せ、家業の眼科診察を手伝った。通信の絶えていた本多秋五から突然『近代文学』発刊の挨拶状をもらい、平野謙との連絡もついて小躍りして喜び、また昂奮した。

藤枝の文学への情熱は、医学の勉強や戦中、戦後の慌ただしく変化する自身を取り巻く状況の中でも衰えてはいなかったのである。

『近代文學』の創刊同人であった埴谷雄高は、このように書いている。

「近代文学」創刊が決まったとき、いささか大げさにいえば、日本中で最も喜んだのは、藤枝静男である。八高時代の同級生の親友平野謙、本多秋五がそれを出すことに心底から快哉を叫んだのであるが、そのとき、彼自身予想しなかったことに、「近代文学」創刊によって、浜松の眼科医勝見次郎が作家藤枝静男となって生誕し、彼が望んでいた「文学的方向の達成」がほかならぬ彼自身によってもまた実現されることになったのである。

（「老害」『新潮』昭和六十年八月号）

さてその『近代文學』であるが、昭和二十年に同人七人によって結成され、翌年に創刊している。同時期に全国的な雑誌『新日本文學』が発刊されているが、『新日本文學』がプロレタリア文学を継承したのに対して、『近代文學』はその反省から始まっている。創刊同人には、藤枝静男の八高時代の親友、本多秋五、平野謙が名を連ねているが、今見ると少々奇異にも思うのが、創刊同人七人が基本的に評論家であるということだ。（後に二回の同人拡大を行う等、安部公房、遠藤周作、井上光晴、小川国夫、開高健などの作家を有する一大勢力となっている。藤枝静男も準同人の扱いとなる。）

創刊号の内容は次の通りである。

『近代文學』創刊号、目次

蔵原惟人を囲んで　近代文学同人／藝術　歴史　人間　本多秋五／昔の日記　正宗白鳥／よも

の眺め　宮本百合子／詩二篇　長　光太／変形譚　花田清輝／島崎藤村（一）平野謙
創作　わが血を追ふ人々　坂口安吾／停れる時の合間に　佐々木基一／死霊（一）　埴谷雄高
／同人雑記

創作は三編で、坂口安吾と佐々木基一、それに「死霊」の埴谷雄高である。このうち特に佐々木基一の「停れる時の合間に」は藤枝に特に影響を与え、藤枝はこの作品について「おそらくこの小説を読まなかったら私は『近代文学』に自分の作をのせてもらう勇気は出ないでしまっただろう」と述べている。藤枝は後に発表する「空気頭」でこの「停まれる時の合間に」を取り入れている。

藤枝静男のことに戻る。藤枝は本多からの『近代文學』発刊の連絡を受け、本多との交流を再開するが、「私はその頃もう三十を半ば過ぎていて（中略）自分自身の選んだ道を歩き、経験も思想も彼等とは離れてしまっていた」（「わが「近代文学」」）と思いつつも、一方「不思議な親近感」を感じている状況であった。だが、「実際的にも六十人余りの入院患者をかかえ、妻が病気という状態では、そういうことは思考の範囲外であった」のだ。

しかしながら、先に記したが藤枝静男は八高時代から文学的に「図抜けていた」存在であった。二人の級友が放っておく訳がない。昭和二十一年の春、本多と平野は藤枝の病院を浜松に訪ね、小説を書いてみないかと勧めるのである。
藤枝はこのときのことをこのように書いている。

浜松市内の河向うの焼け残った劇場で興業していた文楽の人形芝居を見物しての帰り径、真暗い瓦礫の街を抜けて何か話しながら歩いていたとき、二人の内どちらかが私に「小説を書いてみないか」と云い出したのである。

（「わが「近代文学」」『近代文學』終刊号）

だがそれでも藤枝は簡単に書くわけにはいかなかった。そういう事情が新たに生じたのである。妻智世子が「再び喀血を繰り返すようになり、結局天竜川の岸の山の上にある療養所に入院」することになる。娘である安達章子氏はこのときのことをこのように書いている。

母の最初の入院は平塚だったが、戦後母の実家、浜松北十キロの西ヶ崎眼科病院へ移ってから、私が小学一年生、二度目の入院をした。当日、人力車が門前に停まり、周りのおとなたちや従兄までが妙に優しく、私ははしゃいでいた。祖父母や両親は私にかまわず、どんな風だったか思い出せない。その後私は、病棟の二階で父と眠り、週に数回母の入院先に通った。（中略）父は道中もほとんど口をきかなかった。二年生になったら帰ってくると言ったた母の入院は長引いていた。

父は毎晩話をしてくれた。日中顔を見る事もない程忙しかったが、眠るまで手を握らせ、財布に化けて恩返しをする子狸の落語などを聴かせてくれた。

（「父と私」『かまくら春秋』三三六）


眼科の入院患者、外来患者の診療が夜八時ころまであり、医師としての仕事に忙殺されていた藤枝であったが、娘のために優しい父親として、その役目を充分に果たしていたのである。

そんな中ではあったが、結局、「藤枝静男年譜」によると昭和二十二年三十九歳の時に、「本多と平野に勧められ処女作『路』三十枚を『近代文学』に書い」ている。「予め頼んでいおいたペンネームを見ると『藤枝静男』となっていた。藤枝は故郷、静男は亡友北川の名である」とある。

ここに作家、藤枝静男は誕生したのである。

藤枝はこの時のことをこう書いている。


十枚乃至三十枚の短篇四つを本多に送ったのは二十二年の五月である。本多からは、その中の一、二に対して消極的な賛辞（と云うよりはむしろ許容）、残りの二に対しては積極的な否定の感想が送られてきた。平野は「本多のけなした口直しではないが」と云って本多の許容した作のひとつを褒めてきた。私はやはり不快であった。（中略）

「許容」された小説「路」が「近代文学」十三号にのったのは昭和二十二年九月である。筆名は本多と平野が相談して藤枝静男とつけた。（後略）

（「わが「近代文学」」）

発表された「路」は、「ここ数年来、寝たり起きたりしていた妻が、とうとう今年の九月初め喀血」することから始まる妻智世子の天竜の療養所での入院生活を描いた私小説である。だが、読み進むと実は妻というより、同じ入院患者である「原田さん」のことを書いた小説であることがわかってくる。「原田さんは私達が知り合いになった最初の患者」であり、妻に松茸をくれたり、いろいろ話をしたりする知り合いになっていくが、「原田さん」はだんだん病状が悪くなり、そこに「私」は「妻の影を投影」していくのである。このモチーフは後に「空気頭」でも「妻の第二回目の入院はT療養所であった」と繰り返し描かれていくことになる。

今、私（評者）は藤枝の妻が病気で長年苦しんで亡くなったことを知っている。その上で私（評者）は、私小説「路」や「空気頭」を読んで、病妻のことを書いた〈哀しい〉話だと思い読んでしまっているが（実際そのように書いてあるが）、実はこれを藤枝静男が書いた当時、当然だが彼の妻は亡くなってはおらず、妻の最後はどうなるのかわかってはいない。「路」については病状が悪化し最後亡くなってしまう「原田さん」に「妻の影を投影」しているが、実際は藤枝の妻智世子はまずは、一年後に退院するのである。ここに私（評者）は、医師であり、家族である妻を心配する優しい夫であり、淋しい思いをしている娘を励ます父として、日常生活を送る勝見次郎を見るとともに、冷静に私小説を組み立てる作家藤枝静男を感じることができる。

さて、ここで、この評伝の最初に戻る。私（評者）がこの評伝を書いた契機は、藤枝静男の長女章子氏のこの発言を聞いたことであった。

「私は父の『空気頭』などの作品は小説。作り事だと思っています」

では、実際の妻智世子の結核療養所での暮らしぶりはどうだったのであろう。

先にも書いたが、「病中は、油絵やギター」をやっていたらしい。また章子氏の証言によると、

「母は父が小説に書く人とは全く別の人であった。小説とはこういうものかと思った。入院中もパーマをあてて、赤い髪をして、寝間着に凝っていた。『路』の天竜荘での入院の時には、マドンナであった。病院中の人気を集めた」ということである。快活な人であったことが窺い知れる。だから「原田さん」は松茸をくれたのである。

「母はユニークな人。病気で死ぬなんて全然思っていなかった」

一方、藤枝静男はこんな事を書いている。

『路』は私のはじめて書いたものだが、いま読みかえしてみれば小説になつていると思うだけで、その時は苦しい一方の切羽つまつたような気持ちに打ち拉がれていた自分自身と妻と、

それから妻と同じ肺結核患者たちの姿を、精一杯の文字に移すことによつて私自身の身から突き放してみたら一種の余裕が生まれるのかもしれぬという、そのことだけが目的の文章であつた。

（「あとがき」限定特装版『路』）

これと同じようなことを藤枝静男は「空気頭」の冒頭に書いている。「私は、ひとり考えで、私小説にはふたとおりあると思っている。そのひとつは、瀧井氏が云われたとおり、自分の考えや生活を一分一厘も歪めることなく写して行って、それを手掛かりとして、自分にもよく解らなかった自己を他と識別するというやり方で、つまり本来から云えば完全な独言で、他人の同感を期待せぬものである」

つまり、書くことによって自身を見つめ直すというスタンスである。それを藤枝静男は処女作『路』から意識して創作していたということになるだろう。

藤枝静男は文学に対して真摯であった。実際はどうであったかの確証はもちろんない。だが、小説とその「あとがき」からは藤枝の真摯さが伝わってくるのである。

妻智世子がどんなに明るくて「マドンナ」であっても、夫であり医師であり作家である藤枝静男にとっては、結核で亡くなっていった兄弟姉妹のこともあり「苦しい一方の切羽つまったような気持ち」であったのだろう。

それともただ単に作家として冷静に私小説として組み立てたのかもしれない。否、私小説とはもう一つの現実を作る小説かもしれない。

実際の日常生活と私小説上の違いについてはこれからも考察していくことになる。


処女作「路」の発表から二年後、藤枝静男は『近代文學』に「イペリット眼」を発表する。これは、藤枝が平塚市第二海軍火薬廠海軍共済組合病院で眼科部長として働いた経験によるものであり、私小説といえるだろう。

戦争末期、A海軍火薬廠付属病院の眼科主任を務める主人公島村章が軍の理不尽さに憤り、嫌悪感、無力感を感じながら、少年工員たちの体調不良の原因が秘密裏に製造されている糜爛性毒ガスのイペリットにあるのを知り、予防と治療法の研究に取り組む姿を描いたものである。この作品は昭和二十四年上半期の芥川龍之介賞の候補作となっている。結局は選に漏れるのだが、その選評を確認してみたい。

舩橋聖一は「作者の批評精神が、もっと痛烈に、出ていれば、もっと強力に推したかった。(中略)私としては、『イペリット眼』の作者のもつ思想性に対して期待し、それがもっと、強く鍛えられるように、激励したい」とし、石川達三は「良き題材を選びそれを書きこなすという努力は小説の本道であって、非難にはならない。一つの良き題材を描き得た人は他の題材だって書ける筈だと思う。私はこの作者の将来には期待をもってもいいと思う。院長という人物の描き方などは凡手でない」と褒めている。

一方、丹羽文雄は「主人公の在り方が、通り一遍である。これは特種な材料で得をしている。(中略)この小説の主人公の在り方に、作者が安心している。作者として、そのことを反省していない。主人公はもっと躍動すべき」「これだけの材料を擁しながら、傍観者的な冷静さにとどまっていることが、不満であった」と、材料の良さを褒めてはいるが、小説としては不満を述べている。藤枝は、私小説としてこの小説を書いている訳なので、「主人公の躍動」を言われても困るだけであろうと現在の読者の私(評者)は思うが、当時は私小説作家としての藤枝静男の評価が確立されている訳でもなく仕方がないことだろう。瀧井孝作は、「医者でなければ描けない細かい記述もあり、神経のとおった文章で、記録文学として出色の作だと思った」とそれなりに的確な批評をしている。だがこれも〈私小説〉ではなく、記録文学とされてしまっている。(藤枝が私小説を強く意識するのはいつだろう)『藤枝静男　年譜・著作年表』の青木鐵夫は「選者が激しくやり合っていて面白い」と書いている。

この「イペリット眼」が選外となったとはいえ、芥川龍之介賞の候補となったことから、藤枝静男の名は文壇でも知られることになったといえよう。

続いて、昭和二十四年十二月、四十一歳の時、藤枝静男は『近代文學』に「家族歴」を発表する。これは、この評伝第一章「藤枝市、生家」に書いた藤枝静男こと勝見次郎の生家の、結核の歴史を描いたものである。川西氏が挙げる藤枝静男の文学テーマの第一「父の結核の伝播と貧乏による栄養不足で、次々と兄弟姉妹が死んでいったこと」を最初に流通文芸誌に発表したものといえよう。（ただし、藤枝が大学時代に書いた勝見次郎名義の「兄の病気」〈『大学文化』千葉医科大学文藝部〉がそれ以前にある）

「今朝、田舎から手紙が来た」で始まるこの小説「家族歴」は、作者の妹が結核で寝ていて「時間の問題」と言われる場面から始まっている。そうして、作者は藤枝市と思われる「田舎」の風景の中（例えば蓮華寺池公園）を散歩しながら、結核で死んでいった家族のことを思い出すのだ。

藤枝の生家の結核については、第一章で取り上げているが、改めて見てみたいと思う。

> 眺めている私の頭に、死んだ私の父や兄は今こう云う所に住んでいるのだという観念がひらめき、次に私は殆ど確信的にそういう気分に陥った。（中略）
>
> 私の父は昭和十二年六十三歳で脳溢血により死亡した。別に生涯肺結核をもっていた。
>
> （中略）
>
> 生き残ったのみではなく、翌々年には母と結婚した。そして子供が次々と生まれ、しかし子供等は次々と結核に斃れたのであった。
>
> 最初死んだのは長女の一枝であった。（中略）
>
> 同じ時期に、次女のより子は肺結核で寝たり起きたりしていた。と云うよりは、強制的に課せられた一時間余りの日光浴のため戸外に出るほかは、ぐったりとして一枝の隣室に横た

わっていた。（中略）
二人の姉に次いで、翌年には、三歳の妹と二歳の弟が共に結核性脳脊髄膜炎で死亡した。当時の私達は六人兄妹であったから、僅か二年間で私は兄一人をもつのみとなったのである。
（中略）
大正十四年、しかし、私が高等学校生徒となった年の夏から、兄が肺結核となって病床についた。

と家族の歴史が語られていく。特に詳しく語られるのは兄の肺結核の療養の姿である。

熱は少しもさがる気配がなかった。そして或る日、とうとう兄の胸に生魚のひらきが貼られることになった。

このような迷信めいた治療も行われるが、結局、兄は亡くなってしまう。小説の最後にはこんな言葉が書かれる。

父が死んでから今年で十二年、私は四十三歳になる。顧みるに我家の家族歴は結核の歴史であった。そして現在私の妻もまた同病で病床にある。私の過去も未来も、父と同様結核で被われているのかも知れぬ。

小説と事実が違う点は、兄妹の亡くなる順が異なり、年代が異なる。長女「一枝」は史実では「はる」で、次女「より子」は「なつ」である。亡くなったのは妹が最初で、次に弟、次に次女、最後に長女であるが、いずれにしても小説で四人の兄弟姉妹が亡くなったことは事実と同じである。

家族の結核の歴史、それは彼が小説を書いていくにあたってどうしても著しておかなければならないテーマだったのであろう。妻の病気、家族の病気の歴史、この二つによって藤枝静男の私小説作家としての道は決まってしまったかのように思える。この時期、藤枝静男は四十歳ぐらいであり、終戦を迎えたものの妻が結核で再び喀血しており、不安な毎日を送っていた。

『近代文學』に書くにあたって、テーマとしては、第一に妻の病気（「路」）、第二に最近体験した海軍病院での理不尽な体験（「イペリット眼」）、三つめには、結核にまつわる家族のこと（「家族歴」）をどうしても書かざるをえなかったと考えるべきであろう。

昭和二十五年、四十二歳の年、藤枝静男は妻の生家である積志の家を出て、浜松市内の東田町に自宅兼眼科医院を開業する。このことについては、長女の章子氏がこのようなことを書いている。

西ヶ崎の二階建て病棟をL字に折り曲げた型で移築したのだが、私達姉妹の新学期に合わせたのか完成が間に合わず、引っ越した数日は親子四人一室で寝た。日本間の壁に使った布海苔の臭いが耐えられなかった。

（中略）

なぜ浜松に出たのかはわからない。母は「章子の教育のため」と言ったが、私は、長い入院をやっと終えて少しでも楽しくと願ったにちがいないと思う。西ヶ崎にいる頃でも、両親はよく浜松へ映画見物に出ていた。引っ越すと毎週四人で出かけた。月曜と決まっていて、父母が前、私たちが後ろと二列になって歩いて行った。

（「父と私」『かまくら春秋』三三六）

引っ越しの理由は子どもの進学が主であろうが、章子氏が書いたようなこともあったのかもしれない。（「教育パパと教育ママに育てられた」という章子氏の証言もある。）子どもたちを静岡大学付属中学校へ入学させており、章子氏はその後、慶応女子高校、慶応大学医学部へ進んでいる。また、家族で映画を観に行ったという話は、章子氏への私（評者）のインタビューでも伺って、楽しい思い出であることが十分推測できた。（「夫婦二人で並んで歩き、子ども二人はじゃれあってついていった」）

藤枝静男はその年、『近代文學』に第四作となる「龍の昇天と河童の墜落」を発表している。この作品は、藤枝静男の全作品の中でも特に変わっており、童話である。続いて章子氏のエッセイから引用する

父は毎晩話をしてくれた。（中略）母がいないからと泣いた記憶はないが、炭俵でおとな程大きな人形を作ってくれたのは、母の代用品だったのかも知れない。私は今でも墨の匂いが好きだ。その頃聞いた話が発表はずっと後になっている「龍の昇天と河童の墜落」だ。私は、龍が高い空へ力強く登っていく様が好きで何度もせがんだが、落ちる河童が主人公とは思わなかった。父は「これは藤枝の話だ」と言っていた。

この頃（昭和二十六年頃）、瀧井孝作と浜松で会い、天竜川で鮎釣り行をしたり、また、画家の原勝四郎を紹介されたりしている。また、夫妻で志賀直哉を熱海に訪ねるなど、敬愛する瀧井、志賀とのつきあいは怠らなかったようだ。

ここからこの章では、さらに藤枝が五十歳過ぎになるまで主な作品ごとに追ってみたい。

昭和二十七年、藤枝静男は『近代文學』に「空気頭」を発表している。ただし、これは初稿版

で、昭和四十二年に『群像』に掲載された「空気頭」とは異なる。「空気頭」は四つの違うバージョンがあり、先行作「空気人形」（これは地元の俳句雑誌「みづうみ」に連載されている）、この「空気頭（初稿）」、「気頭術――多田の二つの発明について」（『医家芸術』）、最終版の「空気頭」（『群像』）とあるが、これについては後に「空気頭」（『群像』）のところで詳しく述べたい。

昭和二十八年、藤枝静男は四十五歳になっている。壮年といってよい歳だが、三十九歳でデビューした藤枝にとってはまだ七年しかたっていない。『近代文學』一月号に「文平と卓と僕」を発表している。

この作品は大野文平という外科医の一代記である。文平の息子である卓の四高での同級生であり、やがて文平の娘婿となった「僕」が、文平と卓の数奇な人生を語る。文平は外科医院の院長だが、何度も結婚したあげく亡くなった妻を解剖したり、「切断した患者の足や腕を果樹の根に埋めたり」する奇行癖の持ち主として描かれる。千坪の土地があり、鶴がいたという文平の家は藤枝静男の妻の実家を想像させ、また、「式は東京で挙げたが、その夜常識的な新婚旅行の車中で、文平は汽車が熱海駅に着くまで、照子の横に密着して坐り彼女の両手をいじっていた。そして翌朝五時頃、電話口に照子を呼び出したので、感傷的になっていた彼女は父恋しさで泣き出した」というくだりは、藤枝静男の熱海への新婚旅行を想起させるが、藤枝の妻の実家は眼科であり、妻の父龍次郎は厳格な見識者として知られた人である。いろいろな題材と虚構を組み合わせて創作していることがわかる。

事実と虚構の組み合わせという点では後の「空気頭」に繋がるところかもしれない。淫乱の一族という点では藤枝静男の父の実家（割烹旅館の一族）を思い出させる。

昭和三十年、四十七歳。『近代文學』に発表した「瘦我慢の説」で二回目の芥川龍之介賞の候補となる。

ストーリーとしては、「僕」の姪である「ホナミ」の新しい生き方に叔父として苦々しく思いながら、振り回される姿を描いたものである。

選評で中村光夫は「いわゆる戦後学生の生きかたを冷静に偏見なく理解しようとする作者の意図に同感できるのですが、作者を代弁する中年の医者が、もっともらしい顔をした狂言廻しの役しか振られていないので、その批判も対象の奥まで徹しない気がします」と書き、丹羽文雄は、「いちばんがっちりとまとまっていた。が、力が弱い。それは叔父の立場からアプレ・ガールを描いているもどかしさにもよるのだろう。強いて授賞とまでは推せなかったが、好意のもてるものであった」とする。また、佐藤春夫は、「二篇の優劣を断じる結論に到って、僕は他の諸君、主として石川、舟橋の両君と対立して『瘦我慢の説』を採ろうと云いつづけた」「単純な風俗小説の域を超えた一個の文明批評を志しているところをおとなの文学と思った」「その立体的な描法、重厚な興味は当選作とは雲泥の相違があることは文学を理解するおとなが虚心に見るなら誰にもわかると思う。僕は今も尚、この落選作を推す」と強くこの作品を推している。

佐藤のいう二篇は、この「痩我慢の説」と石原慎太郎「太陽の季節」である。最後、二つの作品で選考委員の意見が分かれ、最終的には六対三で石原慎太郎の「太陽の季節」が芥川賞となった。このことについて「落第坊主」にはこう書かれる。

戦後芥川賞の候補に三回なったけれど三回とも落ちた。（中略）二回目の時は、予め知らせがあったから、思い切って委員の人に除外を申し込むために上京した。（中略）途中の車中で本多秋五に会ったら「あの作品は絶対に当選しない。心配ない」と請合うようなことを云った。（中略）それで私もそのまま引き返した。結果は本多の半当りで、石原慎太郎と大いにせり合って落ちたわけだが、「太陽」と「痩我慢」では題名だけでもかなわないのは当たり前だ。

また、私（評者）の安達章子氏へのインタビューの折、「高校生の時、父が『痩我慢の説』で芥川賞候補になったが、それは母が従兄とフランス映画を見に行ったり、遊んでいたりしていたのでそれが『痩我慢の説』という小説になった」という説を述べている。つまり、「ホナミ」は姪という設定だが妻智世子の要素もあるということか。それは奔放さか。その奔放さに藤枝静男が痩我慢していたということか。

章子氏はこのようなことも証言している。

「お母さんは言いたいことを父に言う。父は黙っている」

「お母さんが、『娘と私とどちらが好き?』と父に聞いたことがある。父が娘を好きなのを許せない。父の愛情全部が自分に向いてないと我慢できない人だった」

父(藤枝静男)は、「そういうこと、お母さん(奥さん)への不満があると小説にしていた。奥さんがそういう人でなかったら小説を書いていなかったかもしれない」

さて、ここまでほぼ毎年もしくは二年に一作というペースで作品を発表しているが、眼科医院を開業しながらどのように執筆していたのだろうか。章子氏はこのように書いている。

当時トラホームが大流行で、特効薬がなかったから、手術を夜中までやっていた。二間幅の沓脱ぎから履物が外まであふれていたので、私の友人など「他人の下駄を飛び石代りに跳んで入った」と今でも話してくれる。その中でも明け方まで書いていて、翌朝九時起床、九時半診療開始の毎日だった。

(「父と私」『かまくら春秋』三三六)

また、インタビューではこのようなことも言っている。

「患者さんは一日五百人ぐらい居て、流行医者だった。日曜もやった。ベン・ケイ型の白衣を着ていた」（ベン・ケイ型というのは、外科などの医師が着用している短いセパレート型の白衣である。ドラマ「ベン・ケーシー」で主人公が着用したもの。藤枝静男の診療中の写真としてこのベン・ケーシー型を着たものが残っている）

「書くのは夜。もしくは診療の合間に書斎で」

つまり、良いアイデアが浮かぶと書斎に飛び込んで書いていたということか。

この頃（昭和三十一年）、藤枝静男（勝見次郎）は浜松市教育委員会『浜松市民文芸』の「創作」部門の選者となっている。この『市民文芸』からは芥川賞作家吉田知子（「無明長夜」）が送り出されている。（吉田は市民文芸賞を「膨脹」と「冬」で二回受賞している。「冬」の選評で藤枝は「吉田知子氏の「冬」は群を抜いて優れた作品である」と激賞している）ちなみに選者の紹介は本名の「勝見次郎（医師）」となっていることを付記しておく。

昭和三十一年、四十八歳、「犬の血」を『近代文學』に発表。この小説で三回目の芥川龍之介賞の候補となる。

この小説は、北満州に派遣された見習軍医沢木信義の物語である。軍医として理不尽なことをも経験しながら、また女から淋病を移されながらも日々を過ごしていたが、ある日、犬の血を人間に注射するという人体実験を命じられる。彼は反発しながらも実験を行おうとするが、対象の満（州）人が異常を感じて暴れ始めると、彼は軍に逆らって満人を助けようとするのだ。

芥川賞の選評では、石川達三は「瀧井さんが推したが、私はやはり物足りない。この小説が終ったところから、本当の小説が始まるのだと思う」「主人公が相手と正面切って対決した、その対決からこの主題は展開すべきだ」「日本人の小説にはこういう終り方がよくあるように思うが、これでは終りにならない。もっと正面から取組んでほしいと思った」と書き、丹羽文雄は「単なるお話にすぎないとまず私は言った。そういうのも、『イペリット眼』や『瘦我慢の説』のよさをよく知っているからである。この程度の人物の描き分け、風景描写なら、とくにとりあげるまでもない。藤枝静男の本質はこんなものに現われてはいないからだ」と言う。同様に、船橋聖一は「『瘦我慢の説』より、手がこんでいるようだが、最後で破綻して、まとまりが悪いのは、惜しいというものの、瀧井さんがあんなに推賞するほどの出来ではない。藤枝も岡と同じ明治生れの老人の部で、芥川賞はもっと若い世代に期待したい。私はこの人のものでは『イペリット眼』が一番好きだ」と言い、川端康成は、「前に候補となった『イペリット眼』や『瘦我慢の説』よりも、よくない」「もし、『イペリット眼』や『瘦我慢の説』が今期の候補作になっていれば、授賞されたかもしれない。妙なことである」と藤枝静男の前の候補二作と比べて落ちると述べている。

この時、藤枝を強く推したのは、瀧井孝作である。「一番佳いと思った」「北満の殺風景な兵隊の雑事にも、端的な自然描写が実にいきいきした色彩と滋味とを加えて、うまいと思った。人物の性格もよく描き分けられて、実によく見て見抜いてあると思った。このような眼の確かな克明な描写の小説は、日本人ばなれがしていると思った」「青年の清潔な心持が世俗の邪悪にいかに対抗したか、これがテーマだが、この清潔な心持は、この人の独特のもので、そうざらにはない得難いものではないかしら」と絶賛している。

結局、この回も藤枝静男は芥川龍之介賞を逃すことになった。藤枝自身はこう書いている。

三回目の「犬の血」の時は、委員の瀧井氏から「万一当選したらどうしますか」という葉書きをいただいた。私は自分の住んでいる田舎でいつも「芥川賞候補」のというつけたしの紹介をされることに嫌気がさし、どっちつかずのサラシ物になっているような嫌な気分になっていたので、「くれれば喜んでもらいます」と返事を出したが、よくしたものでこの時は該当者なしということになった。(中略)とにかく落ちた作品は文藝春秋にのせてもらい、又立派な作品集も出してもらって感謝した。私は学校でもよく落第したが、芥川賞でもそれを繰り返したわけである。

(「落第坊主」)

さて、落選したものの自筆「藤枝静男年譜」によると、「犬の血」についてはこんなことも書かれている。

昭和三十二年（一九五七）四十九歳

「犬の血が」『文芸春秋』に転載され、瀧井孝作の斡旋によって六月処女作品集『犬の血』が文芸春秋新社から刊行された。『近代文学』同人が荒正人宅に参集して記念会をもよおしてくれた。好意ある書評を多く受けて力を得た。「雄飛号来る」を『文芸春秋』七月号に、「掌中果」を『群像』八月号に発表。

芥川賞を逃したものの彼の評価は高まり、商業誌『文藝春秋』や『群像』に作品が掲載されるようになっていく。また、瀧井孝作の力添えもあっていよいよ単行本が刊行されたのである。

昭和三十三年、藤枝静男は五十歳になっている。相変わらずのペースで作品を発表していて、「阿井さん」を『新日本文學』三月号に、「明かるい場所」を『群像』八月号に発表している。「明かるい場所」は、戦争中の医局で働く医者を、日記形式で描いた小説。戦後までの様子が生々しく描かれており、「美津子」という女性との交情が良いアクセントとなっている。「美津子」の挿話はともかく、藤枝静男の平塚市第二海軍火薬廠海軍共済組合病院時代の経験から書かれたものであろう。なおも暦年（編年）順に追ってみる。

昭和三十四年、「うじ虫」を『文學界』に発表。

戦争末期の昭和十九年、退役将校の加茂少佐が再召集されて南太平洋の×島に大隊長として赴く。敗色濃厚となり、敵襲の恐怖から逃避して内地の妻との性交を思い浮かべる日々だが、やがて部下の離反と毒殺という病的な疑いから疑心暗鬼となる。発狂した彼は監禁され、自分がうじ虫のさなぎに包まれたような幸福感を得る。

カフカの「変身」、江戸川乱歩の「芋虫」を想起させる内容だが関係はわからない。作品末に〈この一篇は三輪清三教授の談から暗示されて書いたものである〉と注記がある。また、藤枝静男は「著作集を終えて」（『藤枝静男著作集　第六巻』）に「『異物』と『うじ虫』は身振りがありすぎて嫌でならなかったから、（中略）はじめから単行本に入れなかった」とある。この「身振り」とは自己投影のことか。それとも場面展開のことか。

昭和三十五年に同人『近代文學』で「近代文学賞」が制定されるが、そのスポンサーとなっている。藤枝は「しかし、だんだん小説を掲載してもらうようになって自分としては恩義を感じていたので、すこし金に余裕ができたとき若い寄稿家を励ます意味で僅かでも賞金を出したいと考えて申し出てみた。」（「「近代文学賞」のこと他」）と書いている。

また、「とにかくそんなこんなで私は『近代文学』によって手足をつけてもらったのち『群像』に引き渡されて世間に出たのである」とも書くが、その『群像』に、昭和三十六年、五十三歳のとき「凶徒津田三蔵」を発表。これは、大津事件に題材をとったものであり、藤枝としては珍しいモチーフである。

大津事件は、明治二十四年五月に訪日中のロシア帝国皇太子・ニコライ（後の皇帝ニコライ二世）が現大津市で警備にあたっていた警察官津田三蔵に突然斬りつけられ負傷した暗殺未遂事件である。

小説はほぼ史実に基づいて組み立てられている。撃剣が得意な津田三蔵は士族出身で、巡査をして生計を立てているが、世の中に対して不満をもっている。その不平士族としての不満が彼をこの事件に駆り立てていくのである。この三蔵には、藤枝静男自身が投影されているといっていいだろう。

小川国夫はこう書いている。

藤枝はかつて一度も、日本の社会でエリートであったことはなかった。実業の世界でも、いわゆる知的世界でも、エリートといわれる階層に属したことはなかった。かつて暮らした町や村でも、今暮らしている市でも、彼は民芸品を集めるほどに余裕がある開業医に過ぎなかった。彼に、時として異臭に変る快い匂いがまつわっていないのは、多くはこの事実に負っている。そして、彼の作品は、こうした経歴を基礎として生まれるよりほかに、生まれ方はないのだ。《凶徒津田三蔵》は、作者の得意な境位によって、幸いにして、単なる歴史小説にならなかった。

（「解説」『凶徒津田三蔵』講談社）

この頃、藤枝静男は今の東京都狛江市に家を新築している。正式な住所、住居はもちろん浜松市のままであり、娘たちの就学のための家であろう。章子氏は、「お母さんは、慶応進学後、月に一回は遊びに来た」と言っている。

この章では主な小説の発表を中心に追ってきたが、随筆についても、「娘の犬」（『近代文學』）など『近代文學』の他『海坂』、『風報』等に多くを書いている。浜松のタウン誌『浜松百撰』には「静男巷談」を連載していて、第一回の「小説の神様の休日」には、昭和三十一年、志賀直哉、里見弴、小津安二郎を迎えたときの様子が生き生きと描かれている。

一方、こんな事実もある。

昭和三十六年十二月、妻智世子が千葉医科大学外科に入院し、気管支鏡検査を受けている。

この章の標題を「結婚と小説」とした。智世子と結婚し、二人の娘が生まれ、作家としても一定の地位を得たが、妻は結核に侵されていて、入退院を繰り返している。つまり、藤枝静男は、眼科医をしながら、妻の病気と闘いながら、小説を書いていたのだということを改めて書いておきたい。

四、妻の病気

昭和三十八年、奇しくも現在六十歳（還暦）である私（評者）の誕生年に藤枝静男は五十五歳になっている。（改めて思うに藤枝静男と評者の間には半世紀の時代の差があるということになる。この年からさらに半世紀の歳月が過ぎ、藤枝静男生誕百十五年（没後三十年）を迎えているということだ）

五十五歳、藤枝は作家としての充実の年代に入っていくことになる。昭和三十八年から約十年の間に彼は代表作とされる「一家団欒」「空気頭」「或る年の冬」「或る年の夏」を次々と（少なくとも年一作の割合で）発表していく。しかも、一日に独りで五百人もの患者を診るという医師としての生業に忙殺される中、さらには妻の病気の再発という心痛の堪えない、神経をすり減らすような日々での作家活動であった。

この章では、特に「一家団欒」と「空気頭」について取り上げ、考察してみたいと思うが、その前に前章の最後に書いた藤枝静男の妻の入院について改めてもう少し書いておきたい。

藤枝静男の長女安達章子氏の「藤枝静男年譜」（小川国夫『藤枝静男と私』）によるとこうある。

昭和三十六年（一九六一年）五十三歳
十二月、智世子千葉大にて気管支鏡検査、正月は一時帰宅。
昭和三十七年（一九六二年）五十四歳
二月、智世子胸郭成形手術で肋骨五本削除、三月末退院。
昭和三十八年（一九六三年）五十五歳
二月、智世子浜松近郊の聖隷保養園にて左肺葉切除、七月退院。

これによると元々結核を患っている藤枝の妻智世子は、再発のため、藤枝の母校である千葉大学医学部付属病院で気管支鏡検査、翌年には胸郭成形手術を行っている。これは肋骨を取って、結核のためできた肺の空洞を押し潰すものである。肋骨を取るとは乱暴に思えるが、令和の元号の現代でも行われている療法であり、「他の虚脱療法がまったく行われなくなった現在でも、直達療法の困難な場合、あるいは肺切除後の死腔（しくう）の閉鎖や膿胸（のうきょう）の治療に行われることのある手術である」（日本百科全書）らしい。このことについて小説でどのように表現しているか、私小説「空気頭」からさらに精察してみたいと思う。

そしてとうとう、妻は別の医師によって、左肺の上葉に空洞があり、空洞はその位置の故

に気胸によっては決して押し潰し得ないものであったことを宣告されたのである。（中略）

それからまた八年余りの長い、慢性的な不安に満ちた生活がはじまった。

病気は確実な足どりで、不断の侵襲を妻の身体にくわえつづけた。（中略）

左肺上葉の空洞が径六糎にまで拡大し、もう手のくだしようもなくなったのは、昭和三十六年の冬であった。妻はT大学外科に入院し、翌年一月の半ばに胸廓整形手術を受けた。肋骨五本を切りとられた妻は、沈んだ土気色顔を青黒く変色した爪を持った身体を担架に横たえて、病室にもどってきた。鼻孔から酸素吸入用のゴム管をたらし、足の甲の静脈に輸血用の針を刺しこまれ、何かの残骸のようになっていた。

「残骸」とは何とも医師らしく冷徹な視線に基づく表現であるが、これは小説（私小説）だからかもしれない。後に記すが「空気頭」はあえて冷酷に表現しているところがあるようだ。

話は変わる。

もう一つ、この頃の藤枝静男が憂慮すべき問題として、妻の病気のほかに文学上の一つの問題があったことを書いておきたい。

ことは「イペリット眼」の芥川賞の選評に遡る。

その選評にて宇野浩二がこのような事を述べているのだ。

「ちょっとした『うまさ』にひかれて、読んでゆくうちに、しだいに、題材のおもしろさの方が、勝っていることに、気がついて来た。そのうちに、『うまさ』が、だんだん、なくなってきた。いうまでもなく、題材がいくらよくても、それだけでは、よい小説には、決して、ならない」「学校の教師がするように、『かけもち』などで、小説を書くことなども、やはり、無理である」

同様なことは他でも言われ、『群像』の「創作合評」（昭和二十四年七月）で荒正人は「素人作家というのはどうも不安だ」と述べている。この批判は後にまでずっと尾を引く事になる。つまり、藤枝静男は医師であることが彼らの前提にあって、その色眼鏡で見られ続けるということである。この批判について、昭和三十七年に藤枝静男は随筆「日曜小説家」（『落第免状』）を書き反論する。

交友関係にあった画家曾宮一念の随筆『日曜随筆家』にならったもので、「自分も日曜小説家の一種ではないか」と書き、日曜小説家であることを逆手にとって強みにして真面目な小説を書くことを宣言するのである。

そこで、僕自身を仮に末端に位する小説家の一人と認めるとして、そして自分を「身体をはっていない」日曜作家と自認した上で、この頃こんなことを考えている。（中略）……今の文士は僕が患者を数でこなすように、毎月たくさんのいい小説と悪い小説とを書く。そこで僕はここに僕らのような日曜作家にも存在すべき理由が出て来たと考えるのである。僕は、活計のために書く必要はないのだから。真面目な小説だけを書く。書く義務があると思う。どうせ趣味でやっているのだから、せめて態度だけは真面目に、内心の要求に従った小説を書く。僕のような素人作家が救われる道は他にないだろうと思うのである。

素人作家だからこそ、生活のためではなく、自分の書きたいものを書く、というのは、正当な主張だろう。ここでは「私小説」という言葉を使っていないが、私小説だからこそ書きたいものが生まれてくるということである。このことはさらに後に論じたい。

改めて昭和三十八年、五十五歳である。創作集『ヤゴの分際』を講談社から刊行している。これには少年時代の飛行船にまつわる思い出を書いた「雄飛号来る」、先に取り上げた結核の家族の歴史である「家族歴」、前年（昭和三十七年）に『群像』に発表した「春の水」、前掲の外科医の一代記である「文平と卓と僕」、処女作で妻の初めての入院を描いた「路」、「春の水」と同様に前年に発表された「ヤゴの分際」が収録されており、私小説集といったものになっている。

このうち、「ヤゴの分際」について、野口存彌は、「藤枝静男・その男性性―『ヤゴの分際』を読む」（『群系』十八号〈平成十七年十二月〉）で、この作品の特徴は、私小説作家藤枝静男が描く「自伝的小説」でありながら、〈喬〉という架空の息子を登場させ、彼の非行、女性を妊娠させるという架空のストーリーを作っていることにある、とし、「形はフィクションで構わない」という藤枝静男の考えを如実に表した存在が〈喬〉だとしている。また、それが妻との関係においても新たな機能を生んでいるとする。

妻の結核発病は二十一年前に喬を出産した直後のことと説明されている。こうした設定によって実在しないひとり息子の存在が妻と密接に結びつくことになり、さらに主人公＝寺沢とも結びつく結果となって、作中人物として有効に機能することになる。

私小説でありながらフィクションを混ぜる方法は、次の「鷹のいる村」（『群像』四月号）でも取られている。これは藤枝静男の姉ふゆの娘（つまり姪）の結婚に素材を取ったものである。姪の結婚式場は「県庁所在地のU市」の「県民会館」とされ、その近くには「白壁の天守」がそびえているとされるが、県庁所在地は静岡市であるが、そこには天守がある城は当時存在しない。天守があるのは作者が住む浜松市の城である。

このような手法はこの時期の藤枝の私小説の多くで見られ、「空気頭」の冒頭の言葉の「もうひとつの私小説というのは、材料としては自分の生活を用いるが、それに一応の決着をつけ、気持ちのうえでも区切りをつけたうえで、わかりいいように嘘を加えて組み立てて『こういう気持ちでもいいと思うが、どうだろうか』と人に同感を求めるために書くやり方である」に繋がるだろう。『ヤゴの分際』の刊行時、「朝日新聞」（昭和三十八年九月九日）のインタビュー「著者と一時間」でもこのように述べている。

（前略）しかし、小説とは僕にとって結局、告白ですからね。同感してくれる読者があればそれでいい、そういう自分だけの要求で書いています。

この頃の彼は先の「日曜小説家」での発言と併せて考えると「自分だけの要求」で「同感を求めて」書いているということだろう。

この昭和三十九年二月、藤枝の長女である章子氏が慶應義塾大学医学部を卒業し、同窓の安達禎男氏と結婚している。

同年、「わが先生のひとり」（『群像』十一月号）、翌年（昭和四十年）には「壜の中の水」（『展望』四月号）、「魁生老人」（『群像』六月号）を発表している。年に数編の寡作であるが、妻の闘病生活を支え、眼科医として日に五百人の患者を診て、日曜も開業しているような状況ではやむを得ないだろう。診察中も小説のアイデアが浮かぶと合間を見て、部屋に飛び込み書く、夜遅くまで書くということを繰り返していたのだ。

「壜の中の水」は簡単に取り上げておきたい。

湖にちかい小都会の一隅にうつり住んで十五年あまりになる。年は満五十七であるから、もう断じて青年ではない。このごろ私は老人ぶることに決めた。

私は医師であるから、まず患者にむかって自分のことを「わし」と云うことにした。

（後略）

湖に近い浜松に住んでいて年齢は五十七であり、医師であるという、作者・藤枝に近い書き手（主人公）であり、私小説であることがわかる仕掛けになっている。また、この後も若い時の左翼運動や妻の手術のことも書かれている。

この後、突然に「宍戸」という「土蔵の潰し屋」（骨董漁り）を職業にしている男が登場して、書き手と行動を共にし始める。バスに乗って郊外の黄檗《おうばく》の寺（浜松市北区にある初山宝林寺《しょさんほうりんじ》であろう）へ出かけたり、ステッキの女（昔あった浜松の接待業の女性）を買いに出かけたりするのである。

昭和四十年十月、今度は藤枝の次女の本子氏（妻の実家の菅原姓）が結婚している。

昭和四十一年二月、「硝酸銀」(『群像』二月号）を発表。これについてはこの評伝「一、藤枝、生家」で詳しく紹介しているので多くは書かないが、妻が結核のために入院していて硝酸銀による治療を受けている「結婚後五年目から始まり、気胸と安静、肋骨の切除、肺上葉の切除、それから結核である」中、従兄の死の弔問を契機に、父の実家の淫蕩の歴史を書いたものである。前にも記したが、父の実家である割烹旅館の一族の話も若干違う。自分の家や父の実家は港町のように（つまり藤枝市の隣の焼津市に）設定されている。

家を出た父は、同じ市内でも離れた位置に住んでいるように書かれているが、実は同じ通りのすぐ斜め向かいに住んでいたことが昔の地図でわかる。

評論家の川西政明氏があげる、藤枝静男の生涯において彼を苦しめ、その文学のテーマとなったものの一つ「一族の淫乱な血と性慾に苦しむ自己の像が重なるところに発生した自己嫌悪」が描かれている。

ここでも事実にフィクションを混ぜて「告白し」、「同感を求めて」書いているということになるのだろうか。

＊

さて、「一家団欒」の話である。

昭和四十一年に発表された「一家団欒」は藤枝静男の短編小説の代表作と言っていいだろう。作者藤枝静男に擬せられた主人公章（長女章子氏は何故私の名前を使ったのだろうと言っている）は、死んでいて、交差点を渡り、バスに乗って湖（浜名湖）へ向かって、湖上をわたり、（なぜか藤枝市五十海《いかるみ》にあるはずの）「累代之墓」へ入っていくのである。そして、死んだ父、兄、姉、妹、弟と会い、〈一家団欒〉を迎えるのだ。そして、（浜松の山奥で行われている引佐《いなさ》町川名の）ひよんどりへ家族そろって出かけていく。この作品も先にこの評伝で取り上げてはいるが、作者が自分の死んだ後のことを想像して書いたのであろうと推測できる。藤枝の代表的な私小説と言える、と思っていた。

しかしながら、勝呂奏は『評伝　藤枝静男』で、「それはここ数年の間書き継いできた作品とは異なった印象を与える」と言い、「どこが奇妙かと言えば、説明するまでもないが、作中人物の死後を描いている事にある。章がすでに死んでいるならば、作品は虚構であって、私小説と見做し得ないだろう。しかし、本来が成り立ち得ないそれを、藤枝はそのまま私小説であることを主張する。読者はそれに気付きながら、その意図に従って作品を受け入れているのである」としている。

私（評者）も勝呂がいう通り、虚構であることはわかりながら私小説として作品を受け入れてしまったのだ。それほど、この作品は小説として破綻がないだろう。破綻がないのは、これは作者の想像の世界であり、事実に基づかない事だからだろうと評者は考えている。藤枝の場合、私小説についてフィクション性は薄く、作者が事実を突き詰めるために書くためか、フィクションとしては素人くさい逸脱が見られると評者は思っているのだが、この「一家団欒」については綿密に構成されていて逸脱がないのである。しかも彼の生き方の世界がそのまま創造されている。

藤枝静男の盟友とでもいう評論家平野謙は、「毎日新聞」文藝時評にこう書いている。

『一家団欒』というイローニッシュな題名のもとに、作者の描こうとしたテーマは、性を罪と恥にみちたものと考えざるを得ない作者の過剰ストイシズムみたいなものによって、緊密に裏打ちされ、構成されているのである。

「一家団欒」が発表されたのは昭和四十一年、『群像』の九月号である。この小説は単独で発表されたが、後に藤枝は「一家団欒」をもとにその前編にあたるものを幾つか書いて、連作小説『欣求浄土』（昭和四十五年八月、講談社）として単行本を刊行している。現在、新刊として手に入るのは文庫本『悲しいだけ・欣求浄土』であり、現在の読者にとって『欣求浄土』の一編としての「一家団欒」が一般的だろう。

単行本としては先に、『空気頭』（昭和四十二年、講談社）に「一家団欒」は収録されており、自身の性欲のこと、妻の硝酸銀療法のことから淫蕩な一族の歴史を書いた「硝酸銀」、この「一家団欒」、「硝酸銀」の続編といえる「冬の虹」、そして「空気頭」と、藤枝静男の代表的私小説集といった趣きがある。「あとがき」に藤枝は「この四編とも、題はちがっても同じモティーフから書いた」とあり、「一家団欒」は彼にとって、亡くなった兄や父のこと、父の実家の一族のことを思い出すように、自分の死んだ後のことを思い、夢想して私小説として仕上げたと考えられるだろう。

その頃、章子氏の「藤枝静男年譜」によると昭和四十二年、「四月、智世子聖隷保養園へ再入院」となっている。

*

「一家団欒」の翌年、昭和四十二年に「空気頭」は発表されている。この「空気頭」については、いくつか論考しなければならないことがある。

まず「空気頭」は二つの大きな特徴がある。一つは、現在、多くの私小説研究において象徴的に取り上げられるものであるが、小説の最初に〈私小説を書く〉という宣言があること（例えば、梅澤亜由美『私小説の技法 「私」語りの百年史』の序章で「私小説はありのままか」としてこの「空気頭」が私小説論考の導入として使われている。勿論、本評伝においても「空気頭」の〈私小説を書く〉という宣言は論考の前奏としている）、もう一つの特徴は全体が四部に分けられ、文体も変えられたコラージュ的作品であるということだろう。

さらには、評者としては、冒頭に挙げた、藤枝静男の長女が「空気頭」を読んでこう述べているという事実も考えなければならない。

「私は父の『空気頭』などの作品は小説。作り事だと思っています」

これらの論考に入る前に「空気頭」の成立についてまず考えたい。実はこの作品は四度書かれているということだ。藤枝静男自身は、著書『空気頭』の「あとがき」にこのように書いている。

書き方では「空気頭」の真中の部分だけが新奇にみえるかもしれないが、実際は反対で、十一年ほどまえ同じ題名で雑誌「近代文学」にのせてもらったものの焼き直しである。

ひとのことなんか、いくら想像をたくましくしたところで知れたものだから、自分のことを書くしかないと思って努力してきたが、これまでの自分の文体では結局それも駄目だと感じた。そのとき前から不満で気になっていたこの短編を想い出し、多少はヤブレカブレの気味もあって、改変を加えてはさんだのである。

絵の方で（なんと云ったか忘れたが）新聞紙でも写真でも手当たり次第に貼り付けて画面を構成するやり方がある。改変するときそれを使ってやろうと考えて、文献、友人たちの書いたもの、云ったこと、教えてくれたことをほとんど生のままに貼り合わせて、逸脱を承知で書いた。

「空気頭」について、私（評者）は「研究ノート　藤枝静男『空気頭』の成立について　――『空気人形』の成立『空気頭（初稿）』『気頭術』そして『空気頭』の四つのテクストをめぐって――」（「浜松学院大学短期大学部研究論集　第3号」）で過去に論じているが、その論を契機としていくつか新しい考察を加えて論述したいと思う。

「空気頭」には四つのバージョンがあり、先行作（習作といってよいかもしれない）である「空気人形」（昭和二十六年）、「空気頭（初稿）」（昭和二十七年三月）、「気頭術（多田の二つの発明）」の三作は多少の異同はあるものの類似しており、上半盲に続き不能となった主人公が人糞を食べることで精力を得ようとし、また脳髄の中に空間を作ることで上半盲を治そうとする話である。

一方、最終版の「空気頭」は、著者藤枝が言うように、コラージュの手法を使っていて「空気頭（初稿）」の前後に私小説的内容を挿入し、部ごとに文体、内容を微妙に変え、第三部にあたる「空気頭（初稿）」を私小説的要素が入った内容に改変したものだといえる。

構成的には、第一部にこれから〈私小説を書く〉という宣言があり、第二部は、処女作「路」から続く妻の結核治療の闘病生活を中心に日常を怜悧に描いたもの、第三部は第二部からストーリーは続くが「空気頭（初稿）」的内容である。妻の「気胸療法」からヒントを得たと思われる「気頭療法」とその原因となった「上半盲」、「淫蕩の血」から来る「私一族の性的放埓の血」、「性的欲望」、A子B子などとの性交渉、「精神の不安と抑圧」を描いたものである。文体が常体であったのが、この第三部では「です」「ます」という丁寧な敬体に変わり告白体になっている。「気頭療法」、「人糞」を食べて「強精」するという、私小説とは言い難い荒唐無稽な話であるが、「私」は医者であり、病気の妻を抱え、「淫蕩の血」から来る「私一族の性的放埓の血」を引くものであるという設定は、藤枝静男の自身を描く私小説とも読めなくはないだろう。

続く第四部は医師である作者の日常を淡々と常体で記述する日記的内容である。

いずれにしても、主要なテーマは、処女作「路」から続く私小説風の、妻との闘病生活から「私」自身の問題が描かれているわけであるが、もう少し視点を変えて詳述してみたい。（前掲の研究ノートを基にしている）

第一部では、「私」（書き手）の私小説観が描かれ、先述のように「自分自身の考えとこれから書く私小説の書き方が宣言される（読者はこの小説でこれから藤枝静男の私小説が描かれると考えることになる）。また、「私」は「青春時代に自分を悩ました強い自己嫌悪の情」を持っていることが書かれる（これは藤枝静男の他のテクストにも共通のテーマである）。

第二部の冒頭「昭和四十一年十月十日、いま私の妻はM結核療養所に入院している。従って私は、ガランとした二百坪ばかりの住居に、家政婦と二人きりで落莫たる夜を迎えている」は、藤枝静男の実生活を思わせるだろう。

問題は、次の「稀には色情的な空想の湧くこともあるし、時には平生とるに足らぬことがさも重大事のように考えられて、妄想のなかで社会に挑戦したりすることもできるのである」という部分である（以上現在形である）。これは、第三部の妄想的世界、人糞を食べたり、気頭療法を行ったりする話へ繋がっているのではないか。つまり、第三部は第二部のような生活を送っている作者の空想中の世界と読めるのである。

この部分はここで終わり、次に「さて、私の妻は」と作者自身を思わせる「私」の妻との闘病を中心とした回想に入る。「気胸療法」が書かれ、また、二回目の入院の「T療養所」が描かれる（『路』と同じ世界である）。また、「二歳のときからはじまって昭和十三年まで、私は五人の兄弟姉妹を失った」という作者（藤枝静男）の実生活・実人生に即した世界が描かれているのである。

しかしながら、読者はまた、次のような文に出会うことになる。

「今日は妻の死んだときのことを楽しく空想した」「今日も同じことを楽しく空想した」。第二部から空想は始まっており、これが、第三部の妄想的な話（荒唐無稽な話）へと繋がって行くと読むべきだろう。

それと同時に、実は、ストーリーは彼の私生活や気質を中心に第一部から第四部まで繋がっていて、周到に構成されているようにも見える。

少なくとも第二部から第四部までは、時間軸をみると実は、作者自身は、「昭和四十一年十月十日」（第二部）から「昭和四十二年四月二十四日」（第四部）の約半年間の間にいて、回想で過去へ戻り、妄想で別の生き方の過去へも戻りもしているが、その間（半年間）の出来事を描いているのである。『空気頭』のテクストは、私小説的な「私」（作者と思われる者）の私生活や想いを横軸にして、縦軸に様々なテクスト例えば第二部では元々の習作ともいえる「空気頭（初稿）」のテクストを織り込んだ構成になっているのだ。

「空気頭」で描いているのは、実は「私」自身の想い以外の何者でもない。したがって、この小説においては、第四部が重要であり、終章である第四部で第一部の作者自身の生活へと戻ってくること、私小説としての枠をはめることによってこそ、最終的に私小説として成立しているのである。

ではここまでみたところで、第一部の〈私小説を書く〉という宣言の問題を改めて考えてみたい。

私はこれから私の「私小説」を書いてみたいと思う。

私は、ひとり考えで、私小説にはふたとおりあると思っている。そのひとつは、瀧井氏が云われたとおり、自分の考えや生活を一分一厘も歪めることなく写していって、それを手掛かりとして、自分にもよく解らなかった自己を他と識別するというやり方で、つまり本来から云えば完全な独言で、他人の同感を期待せぬものである。もうひとつの私小説というのは、材料としては自分の生活を用いるが、それに一応の決着をつけ、気持ちのうえでも区切りをつけたうえで、わかりいいように嘘を加えて組み立てて「こういう気持ちでもいいと思うが、どうだろうか」と人に同感を求めるために書くやり方である。つまり解決ずみだから、他人のことを書いているようなものである。訴えとか告白とか云えば多少聞こえはいいが、もともとの気持ちから云えば弁解のようなもので、本心は女々しいものである。

私自身は、今までこの後者の方を書いてきた。しかし無論ほんとうは前のようなものを書きたい欲望のほうが強いから、これからそれを試みてみたいと思うのである。

(『空気頭』)

ここで挙げられている私小説の「ふたとおり」について、仮に分かり易く①②と付番してみると、①が「自分の考えや生活を一分一厘も歪めることなく写していって、それを手掛かりとして、自分にもよく解らなかった自己を他と識別するというやり方」であり、②が「材料としては自分の生活を用いるが、それに一応の決着をつけ、気持ちのうえでも区切りをつけたうえで、わかりいいように嘘を加えて組み立てて『こういう気持ちでもいいと思うが、どうだろうか』と人に同感を求めるために書くやり方」になるだろう。

この評伝の冒頭に書いたように、この『空気頭』の冒頭の一節についてはあえて理想を宣言して、本筋とは違う前振りをして読者を幻惑したと取られているのが一般的だ。また、これまで見てきたように(「ヤゴの分際」「鷹のいる村」「硝酸銀」などのように)、事実にフィクションを混ぜて「告白し」、「同感を求めて」書いているということから、今まで藤枝静男は②の「同感を求める」やり方をしてきたというのは歴然たる事実だろう。

では、「これから」、①の「自分の考えや生活を一分一厘も歪めることなく写していって、それを手掛かりとして、自分にもよく解らなかった自己を他と識別するというやり方」をするという方法がこの「空気頭」で新たに採用されているとみるべきなのだろうか。

平野謙はこのように述べている。

……今月の注目すべき第一の作は、やはり藤枝静男の「空気頭」(群像)百八〇枚あたりにまず指を屈せざるを得ない。「空気頭」は今月の小説として注目すべき作であるだけでなく、この作者の作品歴に即しても注目すべき作である。最初に作者は一種の私小説論を展開していて「これから私の〝私小説〟を書いてみたいと思う」と書いている。作者によれば、私小説には二種類あって一種自己弁護的なものと、他人の同感なんぞてんで期待せず、一途に自己の本質を追究しようとするものとあるが、この「私小説」は前者ではなくて後者の範疇に属するそうである。私はこの作者の言葉をそのまま素直に信じて読みすすんでいった。

（中略）しかし、この「空気頭」はそういう太宰流の自己容認を念願する私小説ではなくて、文字どおり自己とはなにかを本質的に追求しようとした私小説として、私は読んだのである。むろん作者がいままで書いてきた自分の私小説はいわば太宰治流の私小説にすぎなかったと書くとき、なんと己を知らぬ言を吐くものかな、という感じをとどめあえなかった。（中略）おそらく作者の真意は、志賀直哉的手法では描ききれない自己の真実に迫りたい、というところにあったのだろう。

（中略）

「空気頭」は全体として自己呵責が過剰である。だいたい私小説は過剰ナルシシズム型になるか、過剰自己呵責型になるか、どちらかであって、過不足ない自己追求がいかに困難であるかを物語っている。

（平野謙「八月の小説」〈「毎日新聞」昭和四十二年七月二十七・二十八日〉）

「空気頭」のテクストはいかに編まれたのか。それは、「路」から続く妻の病気とそれを介護する自分を描きながらあえて〈異物〉のテクストを流入させることによって「固着」（過剰自己呵責）から身を引き離し、それによって自己を描き出すという作業＝エクリチュールであると言ってもいいのではないか。

実は、この小説で描いているのは、想像や妄想であっても「私」自身のことなのである。死後のことを空想した「一家団欒」が私小説であるようにこれも当然私小説と言ってもいいのだろう。つまり、これは究極の妄想の②「嘘を加えて組み立て」るタイプの私小説としてフィクションを作成したように見せかけて、実は①のような「一分一厘も歪めることな」い私小説として自分の考え（妄想を含めた事実）をそのまま書いたものと言ってもいいのではないだろうか。

では、章子氏の「私は父の『空気頭』などの作品は小説。作り事だと思っています」の発言はどう考えればいいのだろう。もちろん「空気頭」はフィクションに違いない。しかしながら藤枝静男にとってそれはある意味、真実であったと言えるのではないだろうか。自分のことでもわからないのに、家族がわかるというわけではないのかもしれない、とは安易な結論であろうか。

人間は多面的多層的なのである。その一面一面をコラージュ的手法で描いたのが「空気頭」であり、娘章子氏としては父親としての面で把えたものが強調され認識されているのであろうか。

＊

この「空気頭」が発表され、作品集『空気頭』（講談社）が刊行された、昭和四十二年の「十月二十三日、平野謙と本多秋五の主唱により、新橋第一ホテルで『藤枝静男君を囲む会』を開いてもらい感激した」（「藤枝静男年譜」）とある。

昭和四十三年（一九六八年）六十歳
三月、智世子退院。四月、《空気頭》によって四十二年度芸術選奨文部大臣賞を受けた。
（「藤枝静男年譜」（章子補筆版））

名実ともに藤枝静男は、私小説作家としてこの頃絶頂期を迎えているのである。

五、私小説の日々

藤枝静男は還暦を迎えたこの頃（六十歳）、私小説の擁護者として発言することが多くなっている。「空気頭」発表の直後、昭和四十三年にはこのようなことを書いている。

私は自分の私小説がいつも好意をもって批評されていることをよく承知している。今度はそれで賞までもらっている。だから自分についての不平は少しもない。従ってその私がこんなことを書くのは栄耀の餅の皮であると言われても仕方ないけれど、一般に言って私の大好きな「私小説」が私小説だというだけで値引きされている現状を見ると、それは少しへんじゃないかという気がするから、私の言うことも聞いてもらいたいと思うのである。

（略）

小説の形式などどうでもいいではないか。あるアメリカ人が「志賀直哉の小説は、小説ではなくて随筆だ」と言ったそうであるが、自分の国の規格を相手かまわず押しつけるのは、お国がらとは言え、ずいぶん傲慢な話で、私は「それが創作であるか随筆であるかの別は、それを書くときの精神の緊張とそれを書く態度できまる」という意味の志賀氏の言葉の方がはるかに芸術家らしくて調子が高いと思っている。

（略）

だいぶ前から私小説家はまるで日本文学の発達を阻害する毒虫か国賊みたいなあつかいを受け、「もう息の根は止まった」などと書かれて、腹のなかでは何糞と思いながら、雑誌の上では肩身のせまい思いをしつづけている。

（略）

だから私はこれからも私小説ばかり書くつもりでいる。今度の私の「空気頭」だって「私」の私小説である。ああいう抽象画を持ちこんだような変なやり方について「私小説からの脱出」だと言ってくれた人があったが、私は脱出しなければならぬほど私小説を悪いものだとは毛頭考えていないのである。

（「私小説家の不平」　昭和四三年四月一三日　サンケイ新聞夕刊）

藤枝自身の「私小説」が好評なのはいいが世間のいわゆる一般的な「私小説」に対する評価に対しては「不平」を持っているというものであるが、「創作」（私小説と読み替えてもいいだろう）と随筆の違いの志賀の言葉を援用した説明には充分留意する必要があるだろう。

つまり、「私小説」か「随筆」かの違いは「それを書くときの精神の緊張とそれを書く態度できまる」のである。

※

さて、昭和四十三年（六十歳）から四十六年にかけて、藤枝静男は先に発表した「一家団欒」（『群像』昭和四十一年九月）に続く『欣求浄土』連作を次々と発表している。「欣求浄土」（「群像」昭和四十三年四月）、「木と虫と山」（『展望』昭和四十三年五月）、「天女御座」（『季刊藝術』昭和四十三年夏）、「沼と洞穴」（『文藝』昭和四十三年八月）、「厭離穢土」（『新潮』昭和四十四年二月）、「土中の庭」（『展望』昭和四十五年五月）の発表順である。

留意すべき点は連作小説『欣求浄土』（単行本『欣求浄土』昭和四十五年）として発表されたときにはこれらの順序が異なっていることだろう。収録順に内容を見てみる。

単行本の表題作「欣求浄土」（『群像』昭和四十三年四月）は、作者に擬せられた主人公「章」がエロティックな映画を見て、友人と北海道のサロマ湖に行く話で、私小説といわれなければ随筆と思うだろう。〈欣求浄土〉というのは苦痛から逃れるため死の練習をする主人公（作者らしい）から来ているのだろうし、サロマ湖で「気のせいか、自分の意志で解放されて行くようにも思えたこと」からも来ているのだろう。

次の「土中の庭」は「章」の幼い頃の思い出と山中にある昔の遺跡を訪問したときのことが書

かれている。

「沼と洞穴」は藤枝市の青池と思われる沼での父との思い出と掛川市の洞穴での出来事が書かれている。

「木と虫と山」は表題通りに趣味である巨木を訪ねることが書かれ、続く「天女御座」も同様の内容で、ここまでを見る限りこの連作小説『欣求浄土』は一編一編が淡々と書かれている印象を受ける。主人公はここまで一貫して語り手ではなく「章」であるがそれを「私」と読み替えればやはり随筆であろう。だがそれは次の「厭離穢土」で一変する。

主人公「章」が死んでしまうのである。（突然語り手である「私」が登場するのだ。）そして、最後の「一家団欒」へと繋がり、連作小説は私小説として完成する編成となっているのである。

単行本『欣求浄土』のあとがき（昭和四十五年六月二十八日）にはこう書かれている。


四年前に『一家団欒』を書いたとき、ひとつの気分があって、このモティーフが何時でも頭を離れなかったので、それにもう少し明確な姿を与えるつもりで後の六編を書いてみた。その時その時に、腕一本なら腕一本だけ尻なら尻一つだけ書くというやり方をしておいて、あとで寄せ集めてくっつけた。他人のことは構わず、自分が小説だと思うやり方で書けばいいという気持ちになっていて、今度の場合、自分の思想はこの方法で最も簡単明瞭に現せると考えた。ただそれが全く窮余の策で、この前の「空気頭」と同様、くり返しのきかぬやり方だということは知っているから二度とやる気はない。

ただ、繰り返すようだが連作小説『欣求浄土』として見れば新しい「自分が小説だと思う」やり方かもしれないが、前半の五編だけ見ればいかにも随筆のような山へ行き、名木を訪ねるような日常が描かれた小説である。藤枝静男の随筆のように書く私小説はこの頃から始まっているともいえよう。

また、この頃から藤枝は自分の死を強く意識し始めているようだ。「あとがき」はこのように続いている。

私は今、死を視野の余り遠くない端に眺めながら、網をじりじり引きしぼるように、自分の一生を収束して行こうとする気分になっている。自分の打った網のひろがりが極くせまいということは承知しているが、それでも私なりに得た貧相な獲物を選別したり確認したりしてみたいという欲望はあるのである。この作品もそのつもりで書いた。

連作小説『欣求浄土』は『空気頭』とは私小説のあり方として似て非なるものであるともいえる。藤枝静男は私小説創作においてこの時期、いい意味で試行錯誤しているのである。

この『欣求浄土』連作と時期が重なるが、六十一歳の年、昭和四十四年から『或る年の冬　或る年の夏』小説群を書きはじめている。まずは「群像」四月号に「或る年の冬」を発表。昭和四十五年には「或る年の夏」、昭和四十六年に「怠惰な男」を発表し、その十月に完成形として単行本『或る年の冬　或る年の夏』を講談社から刊行しているのだ。

これは『欣求浄土』シリーズとは打って変わって藤枝の青年時代の話である。本稿第二章「学生時代の挫折」で紹介したが「或る年の冬　或る年の夏」は昭和五年から昭和七年の春までの学生時代のことが書かれている。妹、兄の発病、性慾、左翼運動、本多秋五（三浦）、平野謙（中島）との友情などが描かれる。

「あとがき」には、「昭和三七年四月『群像』に書いた『春の水』の続きで、これでやっと一度は書いておきたいと考えていたテーマに決着をつけることができた」とあり、「肉親への執着と性慾と左翼思想、この三つが統一されないまま、お互いに相反するものとして私の行動や心の中に共存し束縛しあって私を苦しめた」とある。そして、「この時分に較べれば今は楽なものである。それを喜んでいる」としている。

この『或る年の冬　或る年の夏』であるが、友人の本多と平野を登場させたことで、本多がこのような事を書いている。

藤枝は去年、それまでに書いた三つの連作を併せて、切れ目なし、通しの長編『或る年の

冬　或る年の夏』として単行本にした。この作品には、平野をモデルにした人物と本多をモデルにした人物が登場する。平野をモデルにした人物は繊細に扱われているが、本多をモデルにした人物は手荒く変形されている。ああいう公式丸呑みの粗野な人物が小説の構図の上で必要ないしは便利なことは、わからぬではないが、モデルにされた身としてはいかにも情けない。（後略）

（本多秋五「藤枝静男のこと」『現代日本文學大系　瀧井孝作・網野菊・藤枝靜男集』「月報」）

さて、特筆すべきこととして、この六十一歳の年、眼科医である長女安達章子一家が同居して、藤枝が義父から引き継いだ菅原眼科医院で娘が一緒に働き始めている。一日に約五百人程度の患者を診る人気医師だったが、楽になったのか、この頃、『欣求浄土』シリーズを完結させ、さらには長編小説『或る年の冬　或る年の夏』を完成させることができたのである。章子氏はインタビューの際、この頃検査ばかりしていた、と語っている。

ちなみに昭和四十五年にアサヒグラフに掲載された「我が家の夕めし」には、一家団欒のカラー写真に添えてこのような解説が掲載されていて、この頃の藤枝の日常を窺うことができる。

家内の母、私たち夫婦、娘夫婦と孫の計六人が飯を食っている。他に一年と八ヵ月になる孫があるのだが、おそい昼寝のさいちゅうでここにはいない。毎日六時半ころ私と娘が診療をすませて住いにもどり、娘の亭主が日赤の勤めから帰ると、すぐ夕食にかかるから何時もこんな格好で食卓を囲むことになる。(後略)

昭和四十五年、六十二歳の年。藤枝は身辺整理(今で言う終活である)なのか、十九年間書き続けてきた博文館日記を(昭和四十四年分を除き)焼却している。昭和四十四年は昨年の分であり、記憶のためにも残す必要があったのであろう。「藤枝静男年譜(藤枝静男著作集第六巻版)」によれば、「同月〈目的を隠して〉人間ドックに入る」とある。

九月二十六日からソ連作家同盟の招きで、城山三郎、江藤淳とともにソ連、ヨーロッパを回っている。この時のことは、「あれもこれもロシア」、「ヨーロッパ寓目」、「ヤスナヤ・ポリャーナへ」、「ウラジミールの壺」として随筆集『寓目愚談』に掲載されている。また、四十六年には小説「キエフの海」が『文學界』に発表されている。そこにはウクライナ作家同盟のカジミーロフ氏とのやり取りが冷静かつ温かな視点で描かれているが、現在のロシアのウクライナへの軍事侵攻を、藤枝静男が生きていたらどう思うだろう。(なお、〈キエフの海〉とは巨大な人造湖のことである)

この頃のことを長女安達章子氏はこう書いている。

帰ってからすっかりワイン党になり、十勝ワインの赤を欠かさなかった。父の漫遊記は面白く夕食は楽しかった。息子に大学や論語の手ほどきをする暇もあった。
母は健康を取りもどし、私と同様才能のない娘に琴を習わせたり、自分も箏、三味線、組み紐、佐賀錦、鎌倉彫と忙しかった。幼児も連れ車いっぱいになってのドライブを日曜ごとにしたものだ。

（「父と母と私たち」『かまくら春秋』三三七）

藤枝静男は十二月三十一日付で保健所に眼科医廃業届を提出している。このことについてこんな記述がある。

昭和四十六年一月一日づけで保健所に廃業届を出して医者をやめた。本当は昨年の九月下旬、娘夫婦に一切をまかせてソ連旅行に出発して以来そのままずるずるべったりで一度も診療をしなかったのだから事実とは異なるが、税金の計算などでその方が便利で簡単なので、元日をもって形式的な区切りをつけたという次第である。しかし、とにかくこれで名実ともに筆一本の生活にはいったということは確かである。

（略）

とにかく三十五年間、真面目な眼科医師として働き、家長としての義務をはたしてきた。運もよかったと感謝している。（後略）

（『毎日新聞』昭和四十六年三月三十一日）

昭和四十六年、藤枝静男は六十三歳になっている。

師事してきた志賀直哉が死去して「しかしいざこの世からなくなられてその亡骸と対面して帰った今となってみれば、結局弟子にとって先生というものは、目が見えなくても口がきけなくても、ただ呼吸さえしていてくれればそれでいいのだという思いに迫られるばかりである」と書いている。

昭和四十七年、藤枝静男六十四歳の年、弟である宣が膵臓癌で死亡している。五十六歳であった。藤枝自身も七月に胆嚢切除の手術を受けている。

さらにはその年の十二月二十五日、弟の後を追うように母ぬいが死亡している。享年九十二歳であった。藤枝の「当用日記」には死の前日、当日とこのように綴られている。

十二月二十四日　半晴

母のもとに行った。体温三八・五度で脈は規則的に強く打つが早い。呼吸は荒い。（後略）

十二月二十五日　半晴雨

朝六時五〇分全く眠ったまま自然に息を引きとった。九十二歳。

（後略）

昭和四十七年に『群像』に発表された「愛国者たち」について記述しておく。「凶徒津田三蔵」と同じく、大津事件の津田三蔵を中心に描いたものであるが、創作合評で丸谷才一が「『凶徒津田三蔵』のほうが、小説的であったという気がします。今度の『愛国者たち』は、小説であるというよりも、むしろ史伝という感じのものでしょう」と書いている。藤枝自身は単行本『愛国者たち』の「あとがき」で、『愛国者たち』は客観小説で他は私小説ということになるのだろうが、私の考えでは同じ小説である」としている。

昭和四十八年、「風景小説」を『文藝』一月号に発表。二月には、講談社文庫『空気頭・欣求浄土』が刊行されている。「私々小説」を季刊『すばる』六月号に、「盆切り」を『文藝』十月号に、「疎遠の友」を『季刊藝術』に発表している。いずれも〈小説〉と名乗らなければ随筆とも呼べそうな内容である。

「風景小説」は最初に、「滝井孝作氏が原稿用紙三枚くらいの短文を書いて『風景小説』を提唱されたこと」があり、「私はそれに共感し、今ではますます共感しているから、師に倣って私の風景小説を書いてみる」と「空気頭」の冒頭を思わせるような前書きがある。私小説の形態への藤枝の試みは続いているということだろう。内容は、三重県の「神仏混淆の太陽寺という古寺」を藤枝の作品によく登場するT氏の運転で訪問した道中の「紀行文」であると言っていいだろうが、勿論、本人が言うように小説であるのだろう。

「私々小説」は、藤枝いわく「私倍増小説」であり、先に亡くなった「弟」と「母」のことが書かれる小説である。

藤枝市の岳叟寺《がくそう》に藤枝静男の墓はあるが、そこに弟である「宣（夫）」の名も刻まれている。そこから当然、藤枝（勝見）の墓は藤枝静男の弟の家が引き継いでいるのかと思ったが、この寺は弟の菩提寺ではなく、菩提寺は島田市にある弟の葬儀を行った寺ということらしい。そのいわくが記載されている。

弟は常々藤枝の先祖累代の墓に眠ることを家族に云い残し、誰もが何の支障もないと思っていたのだが、納骨に行こうとしたとき、憤懣の表情で迎えた住職から

「お骨は誰のでも預かりますが、お血脈をよそのお寺からいただいた人の菩提寺となることはできません」

と拒絶されたのである。

つまり、葬儀をある寺で行った場合は、別の寺を菩提寺にはできないということか。藤枝は、それでも「頭を下げ詫びて納骨をすませ、家族のものにあの住持の怒りはもっともだと云いきかせ」、理解を示している。藤枝の仏教（宗教）の理解は冷徹で論理的であり、かつ信仰的である。

昭和四十九年、藤枝静男は、六十六歳になっている。『群像』一月号に「田紳有楽」を発表。「田紳有楽」とは田舎の紳士に楽しみ有り、の意であろうか。藤枝の趣味である骨董のことを書いた小説かと思えばとんでもない。私小説と呼んでいいのかも不明な幻想的な小説である。

この作品も「或る年の冬　或る年の夏」さらには連作『欣求浄土』と同じように一度に書かれ発表されたものではなく、書き継がれ後に完成版「田紳有楽」として完成したものである。「群像」七月号に「田紳有楽前書き（一）」を、翌年（昭和五十年）に「田紳有楽前書き（二）」を「群像」四月号に発表し、その翌年に「群像」一月号に「田紳有楽終節」を発表している。それらを合わせて最終型の『田紳有楽』が講談社から刊行されたのは昭和五十一年の五月になる。講談社文芸文庫の「解説」では、川西政明がこのように述べている。

藤枝静男は長らく「私」に呪縛されてきた。ところが「田紳有楽」では、本物であること、本物であらねばならぬことの呪縛から解放され、複数の「私」の世界を捏造・変造・贋造し、これを語る自由を得ている。

（「離れて、しかも強く即く」）

この年、作品集『藤枝静男作品集』が筑摩書房から刊行されている。「異床同夢」が『文藝』四月号に発表されている。続いて『海』七月号に「聖ヨハネ教会堂」を発表。

さらには、創作集『愛国者たち』により平林たい子賞を受賞している。

その「選評」では、平野謙が「藤枝静男の作品集もほとんど発表の都度読んだ作品ばかりだが、一冊の本としてまとまってみると、意外に印象が割れていて、惜しいと思った。しかし、巻頭の『愛国者たち』とその補遺ともいうべき『孫引き一つ』とは、いわゆる大津事件の内外に与えた影響を、一見無雑作になげかけている力作である」と書いている。

この年、七月二十四日より八月五日まで十三日間、友人三人とノルウェー、フィンランド、プラハ、フランクルト、パリ、ミュンヘンを旅行、さらに十二月には、インド、ネパールを旅行している。

ただ、このヨーロッパ旅行と中央アジア旅行の間ということになるが、「藤枝静男年譜」（章子補筆版）にこのように見える。


十月二十八日、智世子乳癌手術。十二月十日退院。

翌年の昭和五十年もそのままインドに滞在していて、六十七歳の誕生日（一月一日）をインドのカルカッタで迎えている。「藤枝静男年譜」（藤枝静男著作集第六巻版）には「一行二十数名の人が手持ちの餅で雑煮をつくり誕生を祝う」とある。一月十七日には帰宅している。「一枚の油絵」を『文藝』一月号、「プラハの案内人」を『新潮』一月号に、「しもやけ・あかぎれ・ひび・

飛行機」を『季刊藝術』春季号に発表している。
この頃、藤枝静男は随筆と私小説を精力的に発表している。先に「少なくとも年一作割合で」と書いたがそれどころではない。眼科を娘夫婦に任せ医師を廃業したので、時間が取れるのだろうが充実した作家生活を送っているといえるだろう。
さらに「志賀直哉・天皇・中野重治」を『文藝』七月号に発表し、七月には第三随筆集『小感軽談』(筑摩書房)、八月、創作集『異床同夢』(河出書房新社)を刊行している。
蓮實重彦は、「書評〈白さの抒情〉藤枝静男『異床同夢』」でこう激賞している。

「白く崩れながら微かに笑いかけ」る一族の死者たちが、海と川との境いめにたちさわぐ「沢山の波頭」となって「私」を待ち受けているという途方もなく美しいこのイメージ、それは、作者藤枝の内部に確かに巣喰ってはいただろう感傷を遥かに超えた地点で、妙に湿ってもいなければ必要以上に乾いてもいないある種の抒情を、まぎれもない言葉として語っているように思う。

(略)

『異床同夢』には、「犬の血」や「掌中果」に通じる中国大陸を舞台としたいわゆる聞き書きや、『欣求浄土』に類する一族の死者たちへの追憶などが、友人の懐古談、旅行記ふうの短編とともに雑多に投げこまれている。そしてそのどれもが、いまみた意味で感動的である。

藤枝はこの年、七月から十二月まで自身が、『東京新聞』文芸時評を担当している。

昭和五十一年、藤枝静男、六十八歳。相変わらず創作に励みながらも妻の病状に心痛の日々を送っている。「田紳有楽終節」を『群像』二月号に発表しているが、一方、「藤枝静男年譜」(章子補筆版)には「智世子乳癌再発手術、五月末退院」とある。

「滝とビンズル」を『文藝』五月号に発表し、五月、『田紳有楽』(講談社)を刊行している。同月、「一枚の油絵」が『文学一九七六』(講談社刊)に収録されている。

七月には『藤枝静男著作集』全六巻(講談社)の刊行が始まっている。いわゆる全集であり、この著作集には全巻に藤枝の毛筆による署名と落款が入っている。「在らざるにあらず」を『群像』八月号に発表している。「藤枝静男年譜」(章子補筆版)」によれば、「八月、智世子再発手術、丸山ワクチン使用」とある。緊張の日々であろう。

九月、『田紳有楽』により第十二回谷崎潤一郎賞を受賞しているが、この時のことを長女安達章子氏はこう書いている。

この「田紳有楽」は谷崎賞となり、その授賞式に、父は母と出席したのだが、これが母の最期の外出だった。東京の妹夫婦が付添い、立原正秋さんに優しい心遣いをいただいて元気に帰宅したが、翌年二月他界する。

（「父と母と私たち」『かまくら春秋』三三七）

章子氏が書いたように、昭和五十二年、六十九歳の年、二月二十六日に、妻智世子が乳癌に癌性腹膜炎を併発し亡くなっている。

智世子の死については同年十月に発表された小説「悲しいだけ」にこう記されている。

「妻の死が悲しいだけ」という感覚が塊となって、物質のように実際に存在している。

藤枝静男はその生涯における代表作を書き終え、新たな日常生活をそのまま描く私小説のスタイルに入っている。最愛の妻智世子を失ったがさらにその境地に入っていくのである。

なお、藤枝静男の「雑記帳　死ンダラ見ヨ」にはこんな記述がある。

妻が死んでから、悲しくてならぬという苦痛に支配されて他に何も頭の中身が生まれない。悲しいことの中身がわからない。

また、多少、時期がずれているのだろうが、私小説についてはこのような記述もあることを書いておきたい。

（私小説）

私小説は匕首のようなものだから、第一に鋭利でないと駄目だ。また自分で身体を自分に打つけるよにして急所をえぐらないと、効果がない。チョイ〳〵突ついて血を出してみせるくらいなら、鈍刀を大上段から振り下ろすような気持で客観小説を書いた方がましだ。第一にその方が読む人のためにもなる。

（私小説）

私小説とは私の事を書くものであるから、色々に書くのは当然である。「朝起きた」「夜になって寝た」

色々やらねばならないから、考按して色々に書いてきたが、これからはわざと「朝起きた」「夜になって寝た」というのを書くことにしたい。それでも価値があるものを書けばよい。

（藤枝静男「雑記帳　死ンダラ見ヨ」）

※

こうして概観してみると、藤枝静男の六十代は、まさに私小説作家として充実の年代であったといえるだろう。

様々な文体、形式で私を追求した「空気頭」、自分の死後を私小説として描いた「一家団欒」などの実験的作品の中で自分自身は作家としての評価を得たにも拘わらず、いわゆる私小説全般が非難されれば、彼曰く「毒虫」のような扱いを受ける私小説（とは、まるで車谷長吉のような物言いだが、車谷の方が真似をしたのである。車谷は藤枝の信奉者である）を擁護し、還暦を迎えてから「欣求浄土」連作、青年期を総括するような「やっと一度は書いておきたいテーマに決着をつけた」という長編私小説「或る年の冬　或る年の夏」を完成させた。さらには、代表作ともなる「田紳有楽」を発表している。

その後に来る境地か、「『考按して色々に』（私小説）を書いてきたが、これからはわざと『朝起きた』『夜になって寝た』というのを書くことにしたい。それでも価値があるものを書けばよい。」という。これが書かれた正確な時期はわからないが、このように（「朝起きた」というように）書かれた私小説の端緒を評者（私）は、「空気頭」の第四部から見ることができる。また、この元々は彼が幼少期から付けてきた当用日記にあることはまちがいないだろう。昭和四十八年の「風景小説」、「私々小説」などはタイトルからして新たな私小説を試みたものであろう。といっても紀行文や随筆のような小説である。

先にも少し取り上げたが、「風景小説」には次のような前置きがある。

昭和三十三年四月の「群像」風景描写特集号に滝井孝作氏が原稿用紙三枚くらいの短文を書いて「風景小説」を提唱されたことがある。戦後に続出した情痴風俗ものに愛想を尽かして風景を主にした小説を書きたいと思い、（中略）紀行文ではない。ちゃんと「小説」と描いてある。しかし誰もとりあげて問題にせず、まるで興味もないようであった。だが私はそれに共感し、今ではますます共感しているから、師に倣って私の風景小説を書いてみる。

「私々小説」については、収録されている創作集『愛国者たち』の「あとがき」にこのような記述がある。

「私々小説」というのは文字通り私倍増小説という意味である。

ここでは明らかに読みは〈ししししょうせつ〉ではなくて、〈わたくしわたくししししょうせつ〉と読むのであろうし、意味としては、〈私小説〉よりかなり個人的なことを書いた私小説ということであろうか。

さらに、この頃の創作集から、彼の私小説への傾向を探ってみるとまず、昭和四十八年、創作集『愛国者たち』、昭和五十年、随筆集『小感軽談』、同、創作集『異床同夢』、昭和五十一年、創作集『田紳有楽』、昭和五十三年、随筆集『茫界偏視』、昭和五十四年、創作集『悲しいだけ』、昭和五十五年、対談集『作家の姿勢』、昭和五十六年、随筆集『石心桃夭』、昭和五十八年、創作集『虚懐』と創作集と随筆集を交互のように発表しているのがわかる。（タイトルから父の影響による漢文に堪能していることもわかる）

例えば『愛国者たち』の構成を見てみるとこれも先にも記したが、「愛国者たち」は大津事件のことを書いた言わば史伝であり、他の七編（「孫引き一つ」、「接吻」、「山川草木」、「風景小説」、「私々小説」、「キエフの海」、「老友」）は私小説とも随筆ともどちらともつかないものであるが、本人はもちろん私小説であり小説であるとしている。

藤枝静男の随筆と小説の違いをもう少し追求してみる。

翌々年発表の随筆集『小感軽談』との違いは、まずは一編の長さであり、そこからくる内容の掘り下げ方であろう。創作集である「愛国者たち」が全二百五十五ページで八編の小説が収録されているのに対して、随筆集『小感軽談』では、全三百十七ページで六十七編もある。随筆と小説では一編の長さが明らかに異なる。

さらに最晩年の昭和五十六年、随筆集『石心桃夭』、昭和五十八年、創作集『虚懐』と比較してみると『石心桃夭』が全二百六十四ページで五十三編あるのに対して創作集『虚懐』は九編しかない（ただし、文字組が違うので単純には比較できない）。

ところで小説とエッセイ（随筆）を交互に書くようなやり方は現代の作家にも見られる。例えば現代の流行作家である村上春樹もエッセイと小説を交互のように発表していて、また最近は『一人称単数』のような文字通り一人称による短編集や「猫を棄てる 父親について語るとき」のような父についてのエッセイなど、小説とエッセイ（随筆）の区別がつかない物を発表している。ちなみに村上春樹は私小説を嫌っていて、私小説の擁護者たる藤枝静男と私小説を嫌悪する村上春樹に同じような傾向があることは興味深い。私小説特有の自分自身をもテクスト化（作品化）するという傾向が村上にも見られるのではないか。つまり、エッセイで作者の近況を知らせつつ、小説でその主人公に作者をダブらせるやり方は、藤枝も村上も同様である。

※

この時期の重要な事項として、藤枝静男の妻智世子の死去のことをもう一度書きたい。藤枝が妻智世子と結婚したのは、昭和十三年である。二女を設けたが、結婚五年目にして智世子は肺結核の宣告を受けている。これは兄弟姉妹九人兄弟のうち五人を結核で亡くした藤枝静男の家系というより、実は智世子の生家菅原家のものかもしれない。（少なくとも結婚前に智世子の兄は結核に罹患している）

妻の死とそれに対する思いを描いた小説「悲しいだけ」は少し不思議な構成から成っている。

私の処女作は、結核療養所に入院している妻のもとへ栄養物をリュックにつめて通う三十四年前の自分のことをそのままに書いた短編であったが、それから何年かたったとき友人の本多秋五が「彼の最後に近くなって書く小説は、たぶん最初のそれに戻るだろうと言う気がする」と何かに書いた。（略）

しかし今は偶然に自然にそうなった。本多の本意がどういうものであったのかは解らないままだが、今の私は死んで行った妻が可哀想でならず、理屈なし心が他に流れて行かないことは確かである。

と冒頭、妻の死への思いを書くが、次の段落では「ひとり奈良に行き目的なしに唐招提寺に行った」と旅先の情景へと場面は変わり、また、「急に思い立ってダラ汽車で二時間ばかりの生まれ故郷へ帰ってみることがある」と書く。

かと思うと、次にはまた妻への思いに戻るのである。

私と妻との結婚生活は三十九年間であったが、妻の健康だったのは最初の四年間だけで、戦争末期に肺結核を宣告されたのちの三十五年間は、多少の小休止がはさまれた以外は、八回の長期入院と五回の全身麻酔手術と胸廓整形術と肺葉切除術と気管支の硝酸銀塗抹、それから乳癌の発見と嫡出、そして採算にわたる転移。背中と脇腹には太いミミズのように盛り上がったケロイドが走り、胸は乳房を切り取られて扁平となっている。最後には癌性腹膜炎によって生を奪われたのである。

しかしながらまた、その後の段落では何気ない情景が「ある日の午後、人気のない法務局の三階の屋上にのぼってぼんやり四方を眺めていた」と描かれる。

そして、妻の死が書かれる。

二月二十六日は朝から眠りつづけているので主治医の午の往診を待って階下に降りていると、午後一時半頃注射のため病室にあがって行った長女が

「おかあちゃまの息がおかしいから来て」

と叫んだ。

と妻の死の間際のことが記述されるが、次には、また「三河鳳来寺の山奥にある自分の好きな阿寺の七滝に行ってみた」と情景が描かれるのである。

こうして、作者の思いと風景の交互の記述が続いた後、最後には『妻の死が悲しいだけ』という感覚が塊となって、物質のように実際に存在している」と「私の頭の中の行く手に大きい山

のような物の姿がある」と思いと情景が融合する仕掛けになっているのである。
また、この作者藤枝の思いが妻の死を直視したり離れたり（旅に出たり）する構成は、妻の死と全面的に向き合えない、しかし向き合わざるをえない、哀切な気持ちをも表しているようだ。
実際、藤枝静男は、妻の死直後の自分の行動についてこの様なことを書いている。

智世子の火葬は到底たちあう勇気なく、本多と山陽、九州の旅に出た。
一九七七、三―四、東京の本子の家から昨夜、浜松に電話したら、三月二日の雛祭りをやって、智世子の骨壺を飾った雛壇の前に皆集まって、章子が琴で六段を弾き、禎男君も弾いてくれて賑やかに過ごした由、本当に嬉しい。
三月五日
妻が死んでから、悲しくてならぬという苦痛に支配されて他に何も頭の中身が生まれない。悲しいことの中身がわからない。

（藤枝静男「雑記帳　死ンダラ見ヨ」）

つまり、藤枝静男は妻の火葬に立ち会わなかったというのである。葬儀も行われなかった。また、「年譜」によれば、この年、八月と十月に韓国旅行をしている。これも妻の死を忘れるためであろう。

この「悲しいだけ」についてはどうしてももう一つ触れておかなければならないことがある。

故郷の藤枝へ墓参に帰った。妹の家に寄り、姉に会い、それから寺に行って墓のまえに立って暫くぼんやりしていた。

（中略）

——「わたしはこのお墓の下に入るのはいやです」といつかここに立って妻が云った。妻はその瞬間に、私の過去にまつわりついている見識らぬ一族の幻影に怯えたのかも知れなかった。私の妻としてだけで自分の生を打ち切りたかったのかも知れない。それは尤もである。私は自分が二つに引き裂かれているような気がした。

（「悲しいだけ」）

とこのように、妻の〈思い〉に理解を示し、また、二つの家族の間で揺れる自分の〈思い〉をも書いている。藤枝の愛妻への〈思い〉、それと人一倍強い生家の家族への〈思い〉が交錯しているようだ。

だが、藤枝は妻の意に反して、結局次のように意思を固めるのである。

——しかし私は、やはり私が死んだら私の骨壺に妻の残した骨の小片を入れ、帯同してこの父母の待つ墓の下に入り、そして皆で仲好く暮らすつもりである。「前にはあんなことを云いましたが連れてきました」と頼めば、みんな喜んでくれると思う。後継者の私が娘二人を他家へやって家を絶やしてしまったのだから、私が行って永久に皆を世話し護らねばならない。

私がこれ以上過ちを繰返すことなしに生を終えて帰っていくのを父母が待っていてくれるにちがいないという妄想がどうしてもある。私は皆とちがって理屈ばかり強く利己的で、瑣細なことをああでもないこうでもないと考えているヒネクレた人間になってしまったから、皆の所へ素直に行くことは許されない。天罰だから仕方がない。しかし本当に、どんな苦労をしても最後には皆のところに行きたいのである。

藤枝自身の父母の元へ行きたいという気持ちはわかるが、一方、妻の意思と藤枝からの妻への思いやりは彼の気持ちの中でどこへ行ってしまったのか。

私（評者）は、この藤枝の〈思い〉に強いエゴを感じざるを得ない。妻の死を「悲しいだけ」と思うこの小説で、あえて妻の意思を否定し、生家の家族を選び、「一家団欒」のように一族の墓の中に（妻を連れて）入っていくのを藤枝は、選び、あえて描くのである（「一家団欒」には妻が登場しないのだが）。

死と向き合えないほどの妻への愛と、それでも妻の意向を無視して生家を取らざるを得ない藤枝の強烈なエゴイスティックさをも感じることができる。

※

ここからさらにまた暦年（編年）順に見ていきたい。

妻智世子が六十歳で亡くなったその翌年昭和五十三年、藤枝静男は七十歳である。四月、盟友平野謙が蜘蛛膜下出血で亡くなっている。五月には中日文化賞、七月には浜松市市勢功労者表彰を受ける。十一月には随筆集である『茫界偏視』が刊行されている。これには趣味である骨董収集のことなど五十六編の随筆が収録されているが、その中の一編「妻の遺骨」は妻の遺骨を妻が好きだった大原美術館の中庭に一旦は埋めたが、「事務長という人から『埋めた骨を掘り出して持って帰れ』といわれた」という有名な哀しい話である。

昭和五十四年、七十一歳の年。

二月に創作集『悲しいだけ』を刊行。野間文芸賞を受賞している。また、四月には中国東北部を旅行している。

昭和五十五年、七十二歳の八月、立原正秋が死去、葬儀委員長を務めている。十二月には対談集『作家の姿勢』を刊行。阿部昭、平野謙、坂上弘、富士正晴、中上健次、小川国夫、本多秋五、平岡篤頼との対談が収録されており、「私小説は駄目だとか何とか言うのに、なにを言ってやがるんだ」という私小説擁護の姿勢が打ち出されている。

昭和五十六年、七十三歳。

十月に随筆集『石心桃夭』を刊行。所収の「日々是ポンコツ」には、「有用な脳物質はすべて崩壊しつつあるか。——しかし願わくはポンコツをしてポンコツであらしめよ。ポンコツ——ポン・コツと、この妙音を伴奏として極楽に参らしめよ」とあるが、この頃、藤枝静男には認知症症状が始まっているらしい。だがそれも私小説として意味あるものに昇華されていると感じるべきだろう。

昭和五十八年、七十五歳の年の二月、創作集『虚懐』が刊行されている。最晩年が藤枝静男の充実期・最盛期であると私（評者）は思う。

全九編が収録されているが、私小説「みな生きものみな死にもの」では、同時期に同じ「群像」に長編（私）小説「別れる理由」を連載していた小島信夫に対して、次のように呼びかけている。

「（前略）貴方の『別れる理由』は全くの自分本位、自分勝手な小説で、今のところでは、いったい何を書こうとしているのか、モティーフがあるのかないのか、さっぱり解らぬ五里霧中で、もちろん各部の演ずる役割を飲み込めもしません。

僕はあの小説は滲透圧の必要性を無視していると感じます。けれども僕にはそこが面白くてたまらんのです。興味がありますから毎号愛読しています。貴方のあれは『私』に輪をかけた『個小説』と呼ぶべきもので、僕はこういう跳躍的前衛的試みが大好きです。(後略)」

「そうですか」

と小島氏は云ったきりで、ほとんど反応しなかった。むしろ浮かない顔をしていたという記憶がある。


その小島信夫も後にその「別れる理由」に登場人物として〈藤枝静男〉を登場させ、主人公〈前田永造〉(小島信夫の分身)や作者〈私〉と会話をさせている。


(前略)私はそこで藤枝静男氏に会った。

誰かと話をしながら私と氏とは、二十メートル先に、互いに姿を認めあった。(中略)ひょっとしたら、

「あんた、ねえ前田永造くん」

と呼びながら近づいてこられたかもしれない。いやただの「あんた」だけであっただろう。私は藤枝氏の「あんた」という呼び方を愛するものの一人である。

「あんたの『別れる理由』のことは今度の『群像』の小説の中に書いたよ。ほんの僅かだがね、読んでくれよ。埴谷君のことも書いた」

その続きのところはちょっと差しつかえがあるので省くことにする。読者を発見して急に私は作者の顔にもどったかもしれない。自分の小説の中に私の小説をとり入れるというのはどういうことであろう。あまりよろこんでばかりいられないぞ。それにしても昔は他人の小説をみんなが取り入れていたものだ。

つまり、藤枝静男と小島信夫が互いに自分の小説で相手を登場させ、小説談義をしているのである。しかも同じ文芸誌である『群像』で相次いで。これらのことは私小説中のことであるが実際にあったことであろうし、それを互いに私小説中に描くことで、同じ雑誌掲載の私小説間で結果的にコラボレーションのような、メタ小説のようなものとなっているのだ。

しかしながら、私（評者）が興味を惹かれたのは（自分でも残念なことに）、藤枝や小島が互いに語る「個小説」や私小説の談義よりむしろ「あんた」であった。（私はこの評伝で日常生活のことを書きたいのである）小島信夫の小説「別れる理由」では、藤枝は「貴方」ではなくて「あんた」と小島に呼びかけている。藤枝静男の「みな生きものみな死にもの」でも「貴方」と書かれているが実際は「あんた」と呼びかけていたのではないか。藤枝静男は日常的に「あんた」という言葉を使う人だったのだろう。

ただ、小島が「浮かない顔をしていた」のは、「貴方（あんた）と呼ばれたのが厭だったのかもしれないと思うのは、明らかに誤った見方であろう。「私は藤枝氏の『あんた』という呼び方を愛するものの一人である」とわざわざ記述しているのである。

小島信夫が「浮かない顔をしていた」のは言うまでもなく、「個小説」と名付けられた事への反応であり、私小説への意識の問題、考え方からであろうと捉えるのが順当であろう。


藤枝静男はこの年の八月、次女親子とヨーロッパ旅行に出かけている。この頃になると妻の死を忘れるためにというより、無論、楽しみのためであろう。次々と海外旅行に出かけている。

昭和五十九年、七十六歳、医師廃業。医師免許状を返上している。

八月には大庭みな子夫妻らとバリ島、ボロブドゥール旅行。

昭和六十年、七十七歳。

五月、「老いたる私小説家の私倍増小説」。掲載誌の『文學界』にはインタビューも掲載されている。

九月、最後の創作である「今ここ」を発表している。

「今ここ」は亡くなった妻の写真を前に、「色々なことがあったし、いろいろのことがある。『今ここ』とときどき思うが今ここにはなにもありはしない」と自身の人生を振り返るような内容の私小説である。

昭和六十四年・平成元年、八十一歳になっている。

一月から五月にかけて、浜松文芸館二階の会議室にて「藤枝静男展――文学と人生」が開催されている。藤枝はもちろん存命中で、彼が同席する中、盟友である本多秋五（本来は埴谷雄高が来るはずだったらしい）と郷里の後輩である小川国夫が講演を行っている。

さて、私（評者）はこの時、初めて藤枝静男に会ったのである。

覚えているのは、事前に書店で予習として彼の講談社文庫を購入して読んだこと、それとは別に浜松文芸館の受付で藤枝静男のサインと印がある講談社文芸文庫の「悲しいだけ　欣求浄土」を二冊購入した事（一冊は現存するがもう一冊は残念ながら無くしてしまった）であり、また、始まる前になぜか藤枝静夫本人がロビーに座っていた記憶があること。それをみて「えっ」と思ったことである。彼は虚空の一点を見つめていた。

時間になって会場に入ると、藤枝静男本人を隣にして本多秋五と小川国夫が藤枝の文学について順に講演を行ったこと、先に話した本多秋五の講演内容が私（評者）にはよくわからず、一方、小川国夫の講演が大変わかりやすかったことを覚えている。小川国夫は風狂の話をした。

当の藤枝静男は講演する彼らの傍らでただ前を見つめてじっと座っていた。

藤枝静男はこの頃、認知症が進んでいて、何が行われているかよくわからなかったらしい。ただ、私の記憶とは別に、「静岡新聞」夕刊（平成元年一月十四日）は次のような記事を掲載している。

藤枝文学の全資料が公開されるのは初めてで、特に五十編余りの生原稿や志賀直哉、伊藤整ら交流のあった作家仲間や著名人と交わした手紙などが見どころ。開会式には、藤枝氏も姿を見せ、親交の深い作家小川国夫氏や文芸評論家の本多秋五氏らがお祝いに駆けつけた。

（略）

午前十時から始まった開会式では、市文芸館の木下恵介名誉館長が藤枝氏の業績をたたえ、「この機会に市民の多くが藤枝文学に親しんでほしい」とあいさつした。これに対し藤枝氏がお礼を述べ、駆け付けた小川氏や本多氏らとともにテープカットを行った。

この記事には「藤枝氏がお礼を述べ」とある。藤枝静男はあの時、何か喋ったのか。虚空を見つめていただけではなかったのか。今となってはわからない。

おわりに

藤枝静男は、どのような日常を送っていたのか。医師としての日常生活を中心に、改めて最後にまとめてみたいと思う。

先にも記したが、長女の章子氏の言によると、眼科は大変多忙であった。そもそも当時は眼科医がそんなに多くないことも相俟って、後に章子氏が医師免許を取って藤枝と父娘二人での医師二人、看護師五、六人の体制であっても一日に患者が五百人を超えるような、玄関に靴の置き場が無いほどの流行りようで息つく暇もないほどの多忙さであったという。

このように地元で眼科の名医であり人気の医者でもあったが、藤枝はその診療の最中にも合間をみて、また休憩時間に書斎に飛び込み執筆をしていたという。当然のように、診療が終わった夜中には集中して執筆活動を行っていたらしい。

眼科としての名声は地元だけではない。

作家や画家など交流のあった人たちから、医師としても絶大な信望があった。近代文学の同人であり濱名湖会のメンバーでもあった埴谷雄高はこのように書いている。

私が左眼の白内障の手術を受けたのはすでに五年前のことである。前方へ差しだした自分の手の指を三本並べて、その数が数えられなくなつたら手術するという段階がついに近づいてきたとき、私は私達のすべてが頼りにしている「眼科医」としての藤枝静男に、何処で手術したらいいだろうか、と相談すると、藤枝静男は言下に、それは慶應のK教授のもとでするがいいと答えたのであつた。

（埴谷雄高「逆行のなかの白内障」）

「私達のすべてが頼りにしている『眼科医』としての藤枝静男」なのである。ちなみにこの話には続きがあって、勧めに従って手術をしたもののちょっとした手違いで糸が目に残ってしまった埴谷のために藤枝は埴谷の左目を「おごそかに覗き込み」、自宅の診察室で娘の章子さんに命じて、抜糸を「するすると」してくれたという。

もう一つ藤枝静男の晩年のことを書いておきたい。

藤枝静男にとっての晩年とは生業である医師を事実上辞めた昭和四十五年、六十二歳の年（医師免許状を返上はその後数年経過した昭和五十九年）であろうか。ただ、彼の作家としての代表作はそれ以降も執筆されていて、「愛国者たち」、「田紳有楽」、「悲しいだけ」などいくつもの名作を挙げることができる。

むしろ藤枝静男にとっての晩年とは、妻智世子が亡くなって以降、日常生活を描く随筆とも小説ともつかぬ風景小説を描き出した頃といえるのではないか。

（私小説）

私小説とは私の事を書くものであるから、色々に書くのは当然である。「朝起きた」「夜になって寝た」

色々やらねばならないから、考按して色々に書いてきたが、これからはわざと「朝起きた」「夜になって寝た」というのを書くことにしたい。それでも価値があるものを書けばよい。

（藤枝静男「雑記帳　死ンダラ見ヨ」）

この時期は、あえて仏教用語を用いるならば藤枝静男の解脱した状態もしくは涅槃《ねはん》の境地といえるかもしれない。さらには藤枝が愛した老荘の言葉「観玄虚《かんげんきょ》」の状態ともいえるだろう。

観玄虚とは、文字通り玄虚（虚）を観ることであり、玄虚とは、老荘思想で万物の根源とする虚無のことをいう。

藤枝は「庭の生きものたち」にこう書いている。

大広間の広い床に掛けられた「観玄虚」の大軸を、私は懐かしさと尊敬の眼で長いこと眺めていた。私ひとりにとっては、この書がむしろ訪問の目的となっていた。気負いも気取りも癖もなく、三つの大字が書で紙いっぱいに一筆一筆ゆっくりと真面目に、まったくの無私で書かれ、左上に「田翁」とだけ署名されている。書体にも運筆にも特徴はなにもない。書いた人の気持もわからない。感じが大きく、見ていると自然に暖い気分が湧いて量を増してくるように思われるのである。

（略）

私は、この言葉が韓非子の「解老第二十」というところに出ていると教えられて読んでみたことがある。

（略）

私には、ただこの三字の字づらから受ける懐かしいような恐ろしいような印象が、つまりぼんやりとしたものが心にまとわりついて離れないのである。玄虚という文字から、私の行くてに空の空といったふうな透徹した真空状態は思い浮かばず、反対に光もまた失われてしまった無限の暗黒が見えるのである。

私（評者）が藤枝静男に会った時、彼から強く感じた視線。それは彼が観玄虚の境地に達した視線だったのではないのか。否、むしろ玄虚を観ている藤枝静男の視線というほうが正しいだろうか。

ただ、今、「会った」と書いたが、私は藤枝静男と「会った」といえるのか。目を合わせたのは事実である。言葉を交わしたわけではない。私は藤枝静男を見て、彼を認識した。文芸館のロビーで一瞬二人きりで相対したが、彼は「私」を認識しなかったであろう。だから「会った」というのは本来的には間違いであろう。

彼の弟子を自認する笙野頼子は一度だけ藤枝静男に「会った」という。「実際にお会いしたのは十二年前のただ一度だった。それなのに十二年間なぜか意識し続けていた」という。彼女は実際に、ホテルのロビーで言葉を交わしている。彼女は「会いに行って」、会ったのである。


私は一度だけ藤枝静男に会ったことがある。


私は、この評伝の冒頭でもそう記した。何故、そう書いたのか。自分ではそのとき会ったと認識したからである。彼から何かを感じ取ったからだ。

私は藤枝静男の視線、彼の瞳の中に藤枝の感じる玄虚（無限の暗黒）を観たのである。

※

「藤枝静男展」講演会での藤枝静男の認知症症状について書いたが、その後、藤枝は療養生活に入ったという。

青木鐵夫の「藤枝静男略年表」には、横須賀市の特別養護老人ホームのシャロームに入院したと書かれている。シャロームは今でも現存していてホームページでも確認できるが、海が臨める眺望の良い施設らしい。長女章子氏はエッセイでこのようなことを書いている。

父は三浦半島先端近くの老人病院で死亡したが、最後に見舞った時、暖かいので車椅子に乗せテラスへ出た。春のような海の色と光を父の頭越しに見ていた時、右手の半島先にいきなり白い大きな客船が水平線から浮き上がって現れた。その船は、父と私の眼の前を、ゆらめく海の上を、圧倒的な大きさで過ぎていったのだが、「お父さま船、船」と言っても父は目を開かなかった。

勿論、海と空気の温度差と太陽光がこんな素晴らしい光景を作ったのだし、父はそれを見ていなかったのだが、父の死を知らされた時先ず頭に浮かんだのはこの白い船だ。私はこれが父の遺言なのだと思っている。

（「父と母と私たち」『かまくら春秋』三三七）

また、長女の章子氏とのインタビューによれば狛江市に住む次女の本子さんが面倒をみていたともいう。

安原顯の「藤枝静男」には次のようなことが書かれている。

夫人が亡くなって間もなく、藤枝静男に会った折、「妻の好きだった岡山の大原美術館裏庭に散骨してもいいかと訊くと、拒絶された」と言う。さらにしばらくして、藤枝の親友埴谷雄高に「藤枝が惚けて入院した」と教えられ、その後、埴谷雄高に会って病状を訊ねると、「惚けの進行が早く、娘の顔も、われわれ見舞客の顔も分からなくなった」と聞き、ショックを受けた。

（「藤枝静男」『乱読すれど乱心せず――ヤスケンがえらぶ名作50選』平成十五年三月）

さらには、小堀用一朗の『三人の〝八高生〟』にはこのようなことが書かれている。

藤枝が横須賀の療養所へ入る。

この時には、もう、藤枝は娘の本子さんが誰だか分からない。八高以来の僚友本多秋五にしても同じ。「お前は誰だ」と藤枝から云われる。

さらばと、ホンダが八高時代の、白線帽をかぶった写真を持っていくと、ここにヒラノがいると病人が叫ぶ。ヒラノが分かってもホンダは分からないらしい。

そういう藤枝が急にいそいそする。どうしてかというと、若い女のアルバイトが来て、老人の面倒を見てくれる。決まった曜日にくる彼女を、この老人は見逃さない。やっぱり藤枝さんも若い女の人がいいんだという声があがった。

これは東京新聞の「大波小波」にのった。藤枝は入院前の自分が小説を書いていたことを忘れていた。漱石の肖像のある千円札を見て、こんな札があるのかと不思議そうに眺めた。それでいて漱石の漢詩は朗々と称していたそうである。

もう一つ、桶谷秀昭の文章を紹介したい。

藤枝静男と最後に言葉を交はしたのは、昭和六十三年の秋であつたと思ふ。その頃、もう何も文章を書かなくなつてしまつた藤枝静男を励ますといふ趣旨で、毎年夏のおはりから秋にかけて、浜名湖の弁天嶋に一泊旅行する会があつた。

その夜更け、場所が変るとなかなか眠られないので、廊下に出てみると、藤枝さんにばつたり出会つた。

「わたし、勝見ですが、いま手洗ひに行つたら自分の部屋がわからなくなつて……」

と心細さうにいふ。

一瞬、悲哀が私を襲つた。ああ、私の目の前にゐるのは藤枝静男ではなくて、勝見次郎なのか。夜中に自分の部屋がわからなくなつて、廊下に途方に暮れて立つてゐる老人は、自分が藤枝静男の筆名で小説を書いてゐたことなど、すつかり忘れてしまつたようであつた。

（中略）

藤枝文学を愛読してきた者の誰が、この作家がボケることを予想したであらうか。自分と自然をみつめるつよい視力の人が、うつろな目の老人になることなど考へられなかつた。しかし、事実は、昭和五十年代の後半に『やっぱり駄目』とか『みんな泡』といふ題名の私小説を書いて、筆を絶つた。

（後略）

（「燃えつきた藤枝静男」「別冊文藝春秋」二〇五号）

藤枝静男の認知症の症状のことをさんざん書いたが彼を貶《おとし》めたいわけではない。藤枝静男が、彼が玄虚への路を観て進んでいったことを書きたいのである。

藤枝静男は平成五年四月十六日、横須賀の入院先で肺炎のために死去した。二十五日、藤枝市内の曹洞宗の寺院、岳叟寺で葬儀が営まれた。

各新聞は死去について伝えているが、新聞によって齟齬が生じている。

日本経済新聞が「異色の私小説作家、藤枝静男氏（ふじえだ・しずお、本名・勝見次郎＝かつみ・じろう）」が「肺炎のため、神奈川県横須賀市内の療養所」で死去したが、「故人の意志により告別式は行わない」と伝えたのに対して、一方の地元の静岡新聞は「浜松市在住の野間文芸賞作家、藤枝静男（ふじえだ・しずお、本名・勝見次郎＝かつみ・じろう）氏」が「肺炎のため、神奈川県横須賀市内の入院先」で死去したと伝え、「葬儀・告別式は十八日午後三時から藤枝市五十海四ノ八ノ三四、岳叟寺」で行われたと伝えている。

日本経済新聞が葬儀を行わないと伝えたのは、生前の藤枝の意志が葬儀を望まないものだったからであり、それを直接、遺族に確認せず藤枝の意思を知る誰かに尋ねたか、それとも取材したがその後に章子氏の気持ちが変わったからかもしれない。それで結果的に誤報が生じたのであろうと推測できるだろう。日本経済新聞は全国紙であり、静岡新聞は地方紙である。夕刊の締切りの違いかもしれないとも思う。

藤枝静男の希望通りにしないであえて葬儀を行ったわけだが、章子氏は後に藤枝市内で行われた講演で「小川国夫さんが葬式をしてくださって助かった」と述べている。小川国夫などの作家仲間の葬儀を行うべきだとの勧めがあったのだろう。

岳叟寺での葬儀の様子を川西政明が「藤枝静男の死ののちに」に書いている。

禅宗であるから、厳かななかにも鐘、太鼓、銅鑼を鳴らすにぎやかなものでもあって、葬儀の間、ずっと、私の気持ちはすっきりしていた。

（中略）

禅師が最後に引導を渡すのを正座したまま聞いていて、うむ、引導を渡すとはこういうふうにするものなのかと肯いていた。

岳叟寺の境内の残りの桜花がひらひらと散り、藤枝の空を帰ってきた燕が反転飛翔していた。

その席でもう一つ気がついたことがあった。鐘、太鼓、銅鑼が打ち鳴らされるのを聞いているうちに、いつしか「一家団欒」の世界に没入していっている気持ちになったことである。

（中略）

「一家団欒」の寺沢章と勝見次郎とは、今、見事に合体した、と私は感じた。

葬儀で埴谷雄高と同郷の後輩作家小川国夫が弔辞を読んでいる。

弔辞

藤枝静男さん、あなたの文学を敬愛するもの達の集りである濱名湖会がとりおこなわれた当日の朝、私達はあなたの悲しい知らせを聞くことになりました。

（中略）

あなたの高等学校時代の親友、平野謙、本多秋五の両人が「近代文学」を創刊したとき、あなたはその全面的な支持者となったばかりでなく、療養している奥さんを見舞う作品『路』を寄せ、そのとき、平野、本多両名は、あなたの出身地、藤枝、と、早く亡くなった同級生北川静男の二つをあわせて、藤枝静男なる筆名をつくりました。その藤枝において、あなた自身書かれたごとく、一族のあいだにいまあなたが入ってゆかれます。

（中略）

暫し、奥さんとともに果て知れぬ湖を訪ねて、待っていてください。

濱名湖会の一員として

埴谷雄高

埴谷雄高は藤枝静男より一歳年下である。

一方、同郷で十九歳歳下の小川国夫の弔辞である。

藤枝さん、あなたは今の静岡県藤枝市の一角というよりも、駿州藤枝宿の面影に包まれて生を享けたというべきです。

（中略）

あなたはこの町に生まれ、医学を志しつつも文学に耽り、そして二十年後に、あなたの家から歩いて五分しかかからないところにある一軒で、私が文学にのめりこんでいったのは、どんなご縁があったのでしょうか。

（中略）

経験や見聞を一分の狂いもなく写し取ればいい、それが小説だという趣旨の徹底した私小説擁護の弁もこの間に述べられるのですが、これは、私小説のさまざまな可能性を切りすてしまって、一つの可能性に賭けるべきだとする勇敢な意見だと、私は受け取ったのです。

（中略）

その上、あなたと小説の舞台を共有したものとなると、ほんのわずかです。私はその一人です。感謝いたします。

※

ここで今度は、藤枝静男が生前に書いた三通の遺言書のことを紹介したいと思う。

（その一）　遺言

皆サンサヨウナラ、私ハ満足シテ愉快ニ死ニマシタ。コノ上ハ次ノ遺言ヲ守ッテ私ヲ喜バセテ下サイ。
一、死体ヲ清メルニハ不及
一、病院デ死ンダ場合デモ、参考ニナルナラ解剖シ、利用シ得ル臓器ハ移植シ、法律ノ許ス限リ早ク火葬又ハ捨テ去ルヿ
（以下、中略。この後、病院の前に張り紙をする指示となる。）
眼科診療ハ常ノ通リイタシマス。
遺族一同
昭和五十一年　丙辰元旦　勝見次郎　印（勝）
（『在此処帖二』）

藤枝静男は、私は満足して愉快に死んだが、死後献体し、臓器移植して欲しい、眼科診療も通常どおり続けて欲しいと書いている。医師らしい遺言だと思う。

（その二）
遺言
前年と全ク同ジデアル　何等思残スヿハナイ　私ノ不吉ナ幸運の一生ハ不孝者ノ私ヲ許シ

テクレタ父母兄弟姉妹及ビ眞ニ現ノ娘夫婦ノ賜デアル

昭和五十二年一月三日

於浜松市東田町　次郎　印（勝見）

（『在此処帖二』）

長女章子氏によると「藤枝の実母」が「天寿を全うした」その正月から、「遺言を書く」ようになったという。

ただ、今残されているのは三つなので厳選した上で、あえて残したものであろうか。

「不幸者」の私を許してくれた父母兄弟と娘夫婦に感謝している内容である。

（その三）

遺言

智世子ニ死ナレテミルト前ノ遺言ハ実行不能デアルヿガ解ッタカラ譲歩スル　シカシ最小限、以下ダケハ守テ下サイ

例年通リ私ニ思残スヿハ更ニナイ望外ニ幸福幸運デアッタ一生ヲ喜ンデ父母ノ膝下ニ帰ル。

医師ガ死ヲ告ゲタラ、直チニ本子ヲ呼べ、面会シタシ

死体ヲ清メルニ不及、私ノ毛髪ヲ切リ、直チニ出来得レバ禎男君ノ執刀デ両眼ヲ摘出シ、眼球銀行ニ託シテ治療ニ役立テテモライタイ。勿論、ソノ他役立ツ臓器アレバ摘出サレタイ。(例エバ腎臓)

同時ニ浜松医科大学ニ傳エテ運搬シ学生ノ解剖実習用ニ供シテ欲シイ。死体ヲ通夜ナドノ為ニ止メ置カヌヿ

(棺ニ入レテハナラヌ。大学ニ担架ヲ持参サセルヿ)

私ノ毛髪ヲ四分シソノ

一　ヲ寝室の棚にアル骨壺

二　庭前地蔵地下智世子骨壺上ニ

三　二と同ジ東京狛江本子宅骨壺ニ

四　庭内五輪塔内在上に穿タ凹穴に智世子ノ骨ト片小々共ニ納メルヿ

右ノ通リ頼ミマス

次郎　印（勝見）

昭和五三年

（『在此処帖三』）

この最後の遺言では、昨年二月二十六日に智世子が亡くなってしまったので前年までの遺言は実行不可能であるが、死体を清めず眼球等を献体して欲しいということは最小限守って欲しいと、実は昨年までと同様のことが書かれている。

異なっているのは、毛髪を四分し、一つは寝室の骨壺に納めること、二つめは庭の地蔵の下にある智世子の骨壺の上に置き、さらに三つめは狛江に住む次女本子の骨壺に入れ、最後の四つめは庭に置かれた五輪の塔の中に智世子の骨と一緒に納めて欲しいということが、追加されていることだろう。

これに関連して、藤枝静男の八高以来の盟友である本多秋五がこんなことを書いているので紹介したい。

医学を学んで、骨の髄から唯物論者で、自分が死んだら、眼球はアイバンクへ寄贈する、遺体は学生の解剖実習用として大学のフォルマリンの池に放り込んでもらう、などと公言し、死後の魂など毛ほどもしんじていないくせに、自分の骨壺に妻の骨片を入れ、「帯同して父母の待つ墓の下に入り、皆で仲良く暮らすつもり」などと本気で書く。まったく変わっている。とてもついて行けない。

（本多秋五「藤枝静男の近況瞥見」『群像』七九・五）

医学から来る唯物論者としての勝見次郎と幻想的私小説作家である藤枝静男が一人の人間として共存しているとでも書きたいところだが、簡単に分けられないものがこれらの遺言から読み取れるだろう。献体もしたいが智世子と一緒に居たいという気持ち、本多がいう現実的な面とノスタルジックさや感傷的な面の両面が読み取れる。

また、本多が紹介する、藤枝の妻の骨を「帯同して父母の待つ墓に入り、皆で仲良く暮らす」旨の発言は、小説である「一家団欒」、「空気頭」などと、現実の藤枝静男と私小説が綯い交ぜになって、一つのテクストとして結実していくように感じられるだろう。

最後に、お墓のことを書いておきたい。藤枝市の五十海にある禅寺岳叟寺の墓地の一画に藤枝静男は眠っている。「藤枝静男年譜」（章子補筆版）」では、一九九三年　六月二日納骨、とある。

戒名　藤翁靜誉居士

墓は、黒い御影石の墓石で沢瀉《おもだか》の家紋があり、「累代の墓」と刻まれ、礎石には横書きで「勝見」とある。これは、父母等一族のために藤枝静男が建立した墓である。

右側面には、

大正五年三月

勝見鎮吉建立
昭和四十五年六月
次郎摸建立

とあり、これは藤枝静男の父勝見鎮吉が大正五年に建立した墓を、藤枝静男（勝見次郎）が改めて模して建立したことからその意であろう。

さらには、左側面に、それぞれの戒名に続いて、

鎮吉　七十歳
ぬい　九十一歳
秋雄　三十六歳
宣夫　三十六歳
次郎　八十三歳

と読める。勿論、次郎というのは藤枝静男のことであり、先に父鎮吉、母、兄の名が刻まれ、続く〈宣夫〉というのは、藤枝の弟の宣の通り名であろう。（ちなみに藤枝の父親が子どもたちのことを記した日記にも〈宣夫〉と書かれている。

そして、令和五年の今、藤枝市の岳叟寺を訪ねると、左側面の次郎に続き、さらにまわって左側面（つまり裏面）には、こう刻まれている。

きく　九十一歳

妹、きくのことは、当然のことながら藤枝の死後刻まれたのであろう。彼の死後も、墓はしっかり守られているのである。

さて、彼の妻、智世子はここにはいないのか。彼女は生前、「私はこの墓には入りたくはありません」と言っていた。

否、彼女の骨もここに納められている。生前、藤枝は、妻の骨を自分が入るべき骨壺に入れた。そして藤枝の死後、本人と一緒に、藤枝の生家の家族が待つ墓の中に入っていったのである。（藤枝の生前に妻の骨だけ先にそっと入れたとの話も聞いた。ただそのとおりだとすると残酷だろう）

とここまで書いて、本当にそうなのか、と思えてきた。というのは、弟子を自称する筀野頼子が自著でこんなことを書いているからである。

養子に来るはずだったはにかみ屋の名医は妻の遺骨を妻の遺言に基づいてきちんと扱った。そして小指の先ほどの、埋めてくれと言われて埋められなかった骨を、自分の骨壺に入れた。「あなたのお墓に入りたくない」と謂われ、師匠はその小さい骨だけを自分の骨壺に入れたのだろうか。

（中略）

そうして妻の遺言どおり、ふた月たった四月二十六日に、別に新しく買ってきた小型のやさしい壺に入れ替えて庭の隅に埋めた。

（笙野頼子『会いに行って　静流藤娘紀行』）

残された遺族としては複雑である。藤枝静男の妻の「一族の墓に入りたくない」という気持ち、藤枝の「妻を帯同して先祖の墓に入っていきたい」という気持ち。どちらを優先すればよいのか。どこへ落ち着かせるのか。藤枝の遺志どおりにしたのか。

結局、私（評者）は藤枝の妻の骨をどうしたのか、まだ遺族に確認できないでいる。藤枝の遺志どおりだと仮定してみると、「一家団欒」に描かれた墓地の中で家族に会う死後の風景。妻が加わってどのようになっているのだろう、と暗く想像を巡らせないわけでもない。

※

今、藤枝静男の浜松の旧宅を訪ねると、自宅と病院の間の芝生の中庭に、自身の姿になぞらえて置いたという思い悩むようなドイツ兵の彫像、国東半島から持ってきたという石造宝塔（五輪塔）、それからかわいい少女のような石像（地蔵）が迎えてくれる。

「母のことを思って作らせたんでしょうね」と章子氏は言う。藤枝は、リビングから望める宝塔を見て日々、亡き妻を悼み、少女像を見て懐かしく愛おしく思っていたのであろう。

藤枝静男は死後、藤枝市の家族の待つ墓へ入って父母の膝元に帰って一家団欒をしているけれど、時々は田紳有楽のように浜松市へ飛んできて浜松での生活・日常を思い、妻とともに娘や家族を見守っているのかも知れない。

藤枝静男の私小説の究極性（極北性）は、私小説としての可能性を極限まで追求したことだけではないだろう。目前の苦悩を描いた処女作「路」、コラージュのように自分をいろんな面から見つめて描いた異形の私小説「空気頭」、さらには物を人物化し、偽物同士が集まって世界を創造する「田紳有楽」、晩年のわざと「朝起きた」「夜になって寝た」と書く随筆のような私小説などさまざまに藤枝静男は模索したが、私（評者）にとって、藤枝静男の究極性は、永遠性と言い換えてもよいものだ。

藤枝静男は、私小説のテクストとして彼自身を織り込むことに成功している。生前書いた「一家団欒」で、藤枝静男は自身の死後の世界を描く。死んだ彼は自宅がある浜松市内からバスに乗り、浜名湖に至り、湖を渡って藤枝の家族が棲む生家の墓に入っていって、一家団欒する。

私たちは、藤枝が死んで三十年が過ぎた今も、「一家団欒」を読み、藤枝市の五十海にある岳叟寺の彼の一族の墓の墓碑銘を眺めればその死後まで今でも想うことが出来るだろう。墓前で「空気頭」を読み、「私はこの墓には入りたくはありません」と言った藤枝の妻の心境に想いを馳せることも出来るだろう。

小説のテクスト性はその小説本体だけでなく、J・クリステヴァがいうようにさまざまなテクスト、他の作家のテクストなど間テクスト性により成立しているものだとして、私小説のテクストは、さらにはその作家本人のテクスト群、作家本人とも交流して編まれているものだと私（評者）は思う。作品論の作者とは異なり、ここでいう私小説テクストの作者は、テクストに織り込まれ、交流し、痕跡を残すものとして存在している。

藤枝静男の死によって、間テクストとしての私小説「一家団欒」、そう、藤枝静男の物語は、こうして完結し、永遠化したのだ。

藤枝静男は今も一族の墓の中で一家団欒しているのである。

後　記

私（評者）が、藤枝静男の評伝を書こうと思ったのは平成二十八年頃のことである。文芸同人誌「群系」主宰の永野悟氏にメールで藤枝静男の評伝を書きたいと相談している。永野氏からはそのときまだ誰にも書かれていない人の評伝を書くのは結構だが、逆に参考になるものが少ないのでいろんな準備が必要であるとご教示を頂いた。

それから藤枝静男長女で、浜松市内で眼科医を嗣いでいる安達章子氏に連絡を取っている。藤枝静男についての私の評論が掲載された『群系』を郵送し、その折、評伝を書きたいという思いを告げたのだ。

彼女からはお返事を頂き、桜美林大学の勝呂教授が自宅にある藤枝静男の資料整理をしているのでこの折に早めにご自宅へどうぞとお招きを頂いている。最初にお宅に伺ったのはその年の十一月頃、父である藤枝氏の話やお母様の話をいろいろ伺い、骨董や李朝民画を見せて頂き、お庭を拝見し、さらに帰りにはお土産にレモンを頂いたのが印象深い。浜松では庭先でレモンが実るのだと驚いた覚えがある。

さて、当初のもくろみでは、私が藤枝静男の最初の評伝作者になる予定であった。だが案に相違して先に評伝を書き始めた人が現れることになる。

誰あろう、前述の桜美林大学の勝呂奏氏である。実は勝呂氏は評伝を書くつもりで取材を兼ねて、藤枝の自宅の資料整理を行っていたということだったらしい。勝呂氏の「評伝藤枝静男（第一回）」が掲載された雑誌『奏』の発刊が平成二十九年六月。私のこの「藤枝静男評伝」掲載の『群系』四〇号の発刊は平成三十年五月でほぼ一年遅れとなった。（「藤枝静男評伝」は『群系』に平成三十年五月から令和五年九月まで計十回の連載で完結している）

もくろみ通り行かなかったとはいえ、勝呂氏の「評伝藤枝静男」は先行する評伝として、大いに参考にさせて頂いているので感謝しかない。（浜松文芸館の勝呂氏企画の展示も当然のように参照し、「奏」発刊ごとに恵贈頂き、葉書のやり取りでも何度も励ましを受けている）

また、青木鐵夫氏の『年譜・著作年表・参考文献』も同様に大いに参考にさせて頂いている。青木氏のこの労作は今では藤枝静男の年譜には必要不可欠のものとなっている。（パーティーで文芸評論家の勝又浩氏とお話しした際、藤枝静男の評伝を書いている旨伝えると、「確か青木さんという人が詳しいのをもう書いているよね」と仰ったのをよく覚えている）青木さんからも幾度も励ましを頂いている。

さて、私が藤枝静男と出会ったのは、本文にも記したが、平成元年の一月の事である。静岡県浜松市にある浜松文芸館のロビーで彼を見たと思う。その日は〈藤枝静男文学展〉の催しで「藤枝静男を語る会」が開かれていた。それまではあまり藤枝静男のことをよく知らなかったのだ。知己のあった浜松在住の芥川賞作家、吉田知子氏からの話とか、懇意にしていた書店主の紹介・案内である。

しかしながら、藤枝静男を研究するに至ったのは、こういった本人に会ったことがあるとか人の縁とか浜松市に住んでいるからという地縁だけではなく、当時、私が文学研究上テーマとして取り組んでいたロラン・バルトやJ・クリステヴァなどのポスト構造主義の理論を援用した作者の問題の取り扱いの素材としてであった。

ごく簡単に説明すると、エクリチュールという行為により生産されたテクストは作者から独立している(「作者の死」)というのが彼らの主張である。私はそこから私小説の場合、作者とテクストは密接に繋がっているように思えるが、実は作者自身の思いをそのまま書くということは決して出来ることではないから(独立しており)、そのまま書こうとする私小説の行為の中でその差延を認識する行為がエクリチュールの本質であるというのが私の主張である。

そんな中で出会った、藤枝静男の「空気頭」の冒頭の宣言が私の主張の素材としてぴたりとはまったのである。

「自分の考えや生活を一分一厘も歪めることなく写していって、それを手掛かりとして、自分にもよく解らなかった自己を他と識別するというやり方で、(後略)」

こうして、藤枝静男と関わり合うようになって三十年以上が過ぎた。
先行する藤枝静男の評伝については、文中にも記したが次の二点をまず挙げておきたい。

勝呂奏『評伝 藤枝静男　或る私小説家の流儀』（二〇二〇年十一月、桜美林大学出版会）

笙野頼子『会いに行って　静流藤娘紀行』（二〇二〇年六月、講談社）

また、もっとも参考にした文献に改めて謝意を表したい。

青木鐵夫編『藤枝静男年譜――「路」発表以降』（一九九八年三月）

青木鐵夫編『藤枝静男――年譜・著作年表・参考文献』（二〇〇二年三月）

同　補遺及びその後（二〇〇六年三月）

青木氏はその後もホームページ「藤枝静男　年譜・著作年表――肉体精神運動録」で更新を続けている。

最後に、この評伝を出版するにあたって、まずは藤枝静男長女の安達章子氏にお礼を申し上げたい。また、『群系』主宰の永野氏、群系の会の皆さん、前述の勝呂氏、青木氏、資料を見せて頂いた浜松文芸館、藤枝市文学館の方々、出版に携わった鳥影社の皆様にお礼を申し上げる。

家族にも感謝したい。

主要参考文献（先に挙げたものを除く。単行本のみ）

小川国夫『藤枝静男と私』（一九九三年、小沢書店）
宮内淳子『藤枝静男論　タンタルスの小説』（一九九八年、ＥＤＩ）
イルメラ・日地谷＝キルシュネライト著、三島憲一他訳『私小説――自己暴露の儀式』（一九九二年四月、平凡社）
鈴木登美著、大内和子他訳『語られた自己――日本近代の私小説言説』（二〇〇〇年一月、岩波書店）
日比嘉高『〈自己表象〉の文学史――自分を書く小説の登場』（二〇〇八年一月、翰林書房）
ジュリア・クリステヴァ／原田邦夫訳『セメイオチケ1　記号の解体学』（一九八三年十月、せりか書房）
ロラン・バルト著、花輪　光訳『物語の構造分析』（一九七九年十一月、みすず書房）
ジャック・デリダ著、林好雄訳『声と現象』（二〇〇五年六月、筑摩書房）
『成蹊実務学校教育の想い出』（一九八一年二月、桃蔭会）
本多秋五『本多秋五全集』第一巻～第十六巻、別巻一（一九九四年八月～一九九二年二月、菁柿堂）

平野謙『平野謙全集』第一巻〜第十三巻（一九七四年十一月〜一九七五年十二月、新潮社）
埴谷雄高『埴谷雄高全集』第一巻〜第十九巻、別巻一・二（一九九八年四月〜二〇〇一年五月）
小堀用一朗『三人の〝八高生〟』（一九九八年十一月、鷹書房弓プレス）
和久田雅之監修『裾野の「虹」が結んだ交誼　曽宮一念　藤枝静男宛書簡』（二〇一五年二月、羽衣出版）
『近代文學』終刊号（一九六四年八月、近代文学社）
藤枝静男『藤枝静男著作集』第一巻〜第六巻（一九七六年七月〜一九七七年五月、講談社）

また、私（評者）の過去の左記等の論文等を参考にしている事を明記しておく。

名和哲夫「エクリチュールとしての私小説試論——藤枝静男から」（『浜松短期大学研究論集』五十六号、二〇〇〇年十二月）
同「現代文学における私小説の布置」（『浜松短期大学研究論集』五十七号、二〇〇一年十一月）
同「藤枝静男へのデリダ的アプローチ——「空気頭」の私小説性（『浜松短期大学研究論集』六十号、二〇〇三年十一月）
同「藤枝静男の作品（小説）の舞台について」（『浜松学院大学研究論集』二号、二〇〇六年一月）
同「私小説を考えるということ」『群系』三十七号、二〇一六年）

同「藤枝静男再論」(『群系』三十七号、二〇一六年)
同『『近代文学』七人の侍：同人誌『近代文学』昭和二十年〜三十九年」(『群系』四十三号、二〇一九年)
同「藤枝静男というテクスト」(『季刊文科』七十七号、二〇一九年三月、鳥影社)
同「村上春樹と私小説作家 車谷長吉・西村賢太：平成という私小説の時代を考える」(『群系』四十四号、二〇二〇年年)

〈著者紹介〉
名和　哲夫（なわ てつお）

愛知大学文学部国文学専攻卒。
昭和文学会・群系の会会員。
藤枝静男を20年以上研究し続けている、私小説研究者。
著書に『僕は藤枝静男と浜松で』など。

藤枝静男評伝
―私小説作家の日常―

2024年6月18日初版第1刷印刷
著　者　名和哲夫
発行者　百瀬精一
発行所　鳥影社（www.choeisha.com）
〒160-0023　東京都新宿区西新宿3-5-12 トーカン新宿7F
電話　03-5948-6470, FAX 0120-586-771
〒392-0012　長野県諏訪市四賀 229-1（本社・編集室）
電話 0266-53-2903，FAX 0266-58-6771
印刷・製本　シナノ印刷

ISBN978-4-86782-088-9　C0095